SHOPPING
MALL

SHOPPING MALL
by Matthew Newton

지식산문 ○ 09

SHOPPING MALL

복복서가

지식산문 O 시리즈는 평범하고 진부한 물건들을 주제 삼아 발명, 정치적 투쟁, 과학, 대중적 신화 등 풍부한 역사 이야기로 그 물건에 생기를 불어넣는 마법을 부린다. 이 책들은 매혹적인 내용으로 가득하고, 날카로우면서도 이해하기 쉬운 문장으로 일상의 세계를 생생하게 만든다. 경고: 이 총서 몇 권을 읽고 나면, 집안을 돌아다니며 아무 물건이나 집어들고는 이렇게 혼잣말할 것이다. "이 물건에는 어떤 이야기가 숨어 있을지 궁금해."

_스티븐 존슨,

『탁월한 아이디어는 어디서 오는가』 저자

'짧고 아름다운 책들'이라는 지식산문 O 시리즈의 소개말에 전적으로 동의한다. (⋯) 이 책들은 우리가 당연하게 생각했던 일상의 부분들을 다시 한번 돌아보도록 영감을 준다. 이는 사물 자체에 대해 배울 기회라기보다 자기 성찰과 스토리텔링을 위한 기회다. 지식산문 O 시리즈는 우리가 경이로운 세계에 둘러싸여 있다는 사실을 상기시켜준다. 우리가 그것을 주의깊게 바라보기만 한다면.

_존 워너, 〈시카고 트리뷴〉

1957년 프랑스의 평론가이자 기호학자 롤랑 바르트는 획기적인 에세이 『신화론』을 출간했다. 이 책에서 그는 세탁 세제에서 그레타 가르보의 얼굴, 프로레슬링부터 시트로앵 DS에 이르기까지 당대의 대중문화를 분석했다. 짧은 분량으로 이루어진 지식산문 O 시리즈는 바로 이 전통을 계승하고 있다.

_멜리사 해리슨, 〈파이낸셜 타임스〉

권당 2만 5천 단어로 짧지만, 이 책들은 결코 가볍지 않다.

_마리나 벤저민,〈뉴 스테이츠먼〉

게임 이론의 전설인 이언 보고스트와 문화연구학자 크리스토퍼 샤버그가 기획한 지식산문 O 시리즈는 선적 컨테이너에서 토스트에 이르기까지 일상의 물건들에 관한 짧은 에세이를 담은 작고 아름다운 책이다. 〈디 애틀랜틱〉은 '미니' 총서를 만드는데, (…) 내용에 더 내실 있는 쪽은 주제를 훨씬 더 깊이 탐구하며 디자인도 멋진 이 시리즈다.

_코리 닥터로,〈보잉보잉〉

이 시리즈의 즐거움은 (…) 각 저자들이 자신이 맡은 물건이 겪어온 다양한 변화들과 조우하는 데 있다. 물건이 무대 중앙에 정면으로 앉아 행동을 지시한다. 물건이 장르, 연대기, 연구의 한계를 결정한다. 저자는 자신이 선택했거나 자신을 선택한 사물로부터 단서를 얻어야 한다. 그 결과 놀랍도록 다채로운 시리즈가 탄생했으며, 이 시리즈에 속한 책들은 그 자체로 하나의 작품이다.

_줄리언 예이츠, 〈로스앤젤레스 리뷰 오브 북스〉

유익하고 재미있다. (…) 주머니에 넣고 다니다가 삶이 지루할 때 꺼내 읽기 완벽하다.

_새라 머독, 〈토론토 스타〉

롤랑 바르트와 웨스 앤더슨 사이 어딘가의 감성.

_사이먼 레이놀즈, 『레트로마니아』 저자

미셸과 이선, 니코에게

들어가며

지도 위의 장소는 역사 속의 장소이기도 하다.
_에이드리언 리치,『피, 빵, 그리고 시』

"이 몰은 낡았어요." 택시기사 아민이 강한 소
말리아 억양으로 말했다. "생긴 지 좀 됐죠." 택시
가 천천히 속도를 줄이다 미네소타 이다이나 교외
에 있는 사우스데일 센터의 푸드코트 앞에 멈춰
서자 아민이 내 요금을 계산했다. 나는 그가 미니
밴에 달린 미터기 버튼을 누르는 모습을 지켜보았
다. 빗방울이 후드득 떨어지는 앞유리 너머로 쇼
핑객들이 몰 자동문 안팎을 드나들었고, 좌우로
천천히 움직이는 와이퍼 사이로 사람들의 몸이 점
점 흐릿해졌다.

5월 말의 금요일 초저녁이었고, 러시아워로 고속도로가 아직 혼잡했다. 이때까지 이다이나는커녕 미니애폴리스도 와본 적이 없었다. 휴가를 왔다가 이곳에서 살면 어떨지 상상할 때처럼 주변 환경을 둘러보았다. 이웃과 동료들은 어떤 대화를 나눌지, 아이들의 같은 반 친구들은 어떤 모습일지, 입김이 나오는 겨울 아침의 차가운 공기가 폐에 닿는 느낌은 어떨지.

　아민이 미터기의 굼뜬 영수증 프린터를 어르고 달래는 동안 내 상상 속 또다른 삶은 바깥 풍경 사이로 사라졌다. 사람들이 바쁘게 오가고 있었다. 옹기종기 모여서 비밀 이야기를 소곤대는 십대들 옆을 카키색 바지와 옥스퍼드 셔츠 차림의 남자들이 쌩 지나갔다. 히잡을 쓰고 쇼핑백을 든 무슬림 여성들도 여기저기 모여 있었다. 백발의 커플들이 팔짱을 끼고 주차장으로 걸어갔다. 수면 부족에 시달리는 부모들이 얼굴이 발그스름한 아기들이 탄 유아차를 밀고 있었고, 핸드폰 불빛이 그들의 얼굴을 환히 비추었다. 익숙하면서도 새로운 풍경이었다. 다른 쇼핑몰에서도 본 적 있지만 낯선 얼굴과 소리, 랜드마크가 등장하는 시나리오였다. 이곳은 이다이나였지만 뉴저지나 일리노이, 텍사스, 캘리포니아 같은 미국의 부유한 교외 지역 어디라 해도 상관없었다. 이곳은 어딘가에 존재하는 동시에 아무데도 존재하지 않았다. 너무나 익숙해서 과거와 현재, 허구와 현실의 경계를 흐릿하게 지우며 기억을 대체해버리는 그런 종류의 풍경이었다.

내가 기억하는 한 쇼핑몰은 이상하게도 마음을 차분히 가라앉히는 곳이다. 쇼핑몰에 갈 때마다 거의 꿈속에 빠져드는 듯한 기분이 든다. 내 몸은 잘 닦인 신경 통로를 길잡이 삼아 자율 주행을 하듯 저절로 움직인다. 쇼핑몰은 물질적 보상을 얻는 장소이자 동시에 주변 환경을 관조할 수 있는 장소다. 어린 시절, 쇼핑몰은 수줍음이 많던 내가 안전한 거리를 두고 사람들과 만날 수 있는 장소였다. 자의식이 강했던 십대 시절에는, 나를 드러내지 않아도 되는 공공장소이자 내 머릿속에서 빠져나오면서도 사람들 눈에 띄지 않을 수 있는 곳이었다. 어른이 된 내게 쇼핑몰 방문은 더 단순했던 시절로, 더 손쉽게 기뻐했고 삶의 무게가 더 가벼웠던 때로 돌아가는 방법이다. 이런 면에서 쇼핑몰의 진부한 외관은 어쩌면 가장 큰 선물일지 모른다. 쇼핑객이 개인이나 집단의 열망을 투영할 수 있는 빈 서판이 되어주기 때문이다. 누군가는 쇼핑몰을 경제적 지위를 과시하는 장소로 여긴다. 또 누군가는 쇼핑몰과 그 안의 상품들을 아직 이루지 못한(또는 영영 이루지 못할) 꿈으로 여긴다.

"여기 있습니다, 손님." 아민이 말하며 작은 클립보드에 끼운 영수증과 볼펜을 내밀었다. "아래에 서명해주세요."

오는 길에 아민은 내가 미니애폴리스에 온 이유를 알아내려 했다. 어느 호텔에 묵는지, 어떤 일을 하는지, 내가 만난 사람 중에 또 택시를 탈 사람은 없는지 물었다. 그는 잡담을 나누는 동안 잠재 고객을 낚으며 직분을 다하고 있었다. 그러나 주제가 그의 인생 이야기로 흘러가면서 우리의 대화는 훨씬 흥미로워졌다. 그는 막 성인이 되었던 15년 전에 소말리아에서 미국으로 건너왔다고 했다. 그리고 자신이 선택한 새 고향에서 가족과 친구들, 다른 소말리아 이주민에게 둘러싸여 행복하게 살고 있다고 했다. 우리는 미니애폴리스와 세인트폴이 어떻게 이렇게 많은 소말리아인의 터전이 되었는지 이야기했다. 나중에 알게 된 바에 따르면 이 지역은 1990년대 초반 이후로 2만 5천 명가량의 소말리아 이민자를 받아들여 미국에서 소말리아 인구가 가장 많은 곳이 되었다. 아민이 조국에서 수십 년 넘게 벌어지고 있는 내전을 이주의 원인으로 꼽지는 않았지만 나는 그 이유도 있었으리라 짐작했다.

우리는 쇼핑몰 이야기도 했다. "여기엔 필요한 게 다 있어요. 좋은 몰이에요." 내가 영수증에 서명하는 동안 아민이 장담했고, 택시는 도로변에서 여전히 공회전중이었다. 그의 목소리에 염려하는 기미가 서려 있었다. 내가 택시에 탔을 때 자신이 한 말을 약간 과도하게 보상하려는 것 같았다. 미니애폴리스 시내를 떠나 남서쪽에 있는 이다이나로 향하던 중에 아민은 정말 사우스데일에 가고 싶은 것이 맞냐고 재차 확인했다. 그리고 외지 사람들은 대부분 근처 블루밍턴에 있는 몰 오브 아메리카를 더 선호한다면서 지금 목적지를 바꿔도 아무 문제 없다고 덧붙였다.

아민의 추천이 쓸데없지는 않았다. 몰 오브 아메리카는 소비주의의 성지이자 대단한 구경거리이기도 한 초대형 건축물로, 탁 트인 미국 중서부에서 작은 문명처럼 솟아나 하루에 대략 십만 명의 고객을 맞이하며 누구에게나 즐거운 경험을 선사한다. 거의 45만 5,225제곱미터에 달하는 세 개 층에 530개 매장이 늘어서 있는 미국 최대 규모의 쇼핑몰인 이곳은 1992년에 개장한 이래 명성을 계속 이어가고 있다. 그러나 그 어마어마한 규모보다 더 당혹스러운 점은 몰 오브 아메리카가 쇼핑 외에도 놀이공원, 수족관, 어린이 박물관, 영화관, 코미디 클럽, 비행기 조종 시뮬레이터 등 온갖 다양한 서비스를 제공한다는 것이다. 그러나 내가 찾던 것은 몰 오브 아메리카가 약속하는 압도적 볼거리가 아니었다. 내 목적은 더 소박했다. 나는 미국 쇼핑몰의 발원지를, 이 어디에나 있는 문화적 실체가 처음 뿌리내린 역사적·지리적 장소를 방문하고 싶었다. 아민에게 사우스데일 센터에 어떤 의의가 있는지, 왜 그곳을 직접 보고 싶은지 설명하자 아민도 관심을 보였다.

1956년 10월에 처음 문을 연 사우스데일 센터
는 미국에서 가장 오래된 완전 폐쇄형 쇼핑몰이
다. 펼쳐진 건축물 면적이 7만 4,322제곱미터에
달하는 사우스데일은 거의 즉시 미래 지역 쇼핑
센터의 청사진으로 채택되었다. 사우스데일 센터
보다 1년 일찍 개장한 위스콘신 애플턴의 밸리 페
어 쇼핑센터를 비롯해 당시 여러 다른 도시에서
도 비슷한 콘셉트의 쇼핑몰을 자랑했지만 미네소
타 사우스데일의 거대한 규모에 가려져 빛을 잃
었다. 종종 미국 최초의 "전천후 쇼핑센터"로 언
급되는 밸리 페어는 처음 개장했을 때 단 한 개 층
에 매장이 여섯 개밖에 없었다. 반면 세 개 층에 전
문점 일흔두 곳과 대형 백화점 두 곳이 있고 18만
2,108제곱미터의 주차장을 갖춘 사우스데일은

쇼핑몰

활기 넘치는 작은 도시 같은 인상을 주었다.

　오스트리아에서 건너온 이주자이자 사회주의자로 로스앤젤레스에서 활동하던 건축가 빅터 그륀이 설계하고 데이턴 컴퍼니가 개발한 사우스데일은 시작부터 창의적이었다. 그륀이 유럽식 광장과 그리스 아고라에서 영감을 얻고 떠올린 이 쇼핑몰의 형태는 당시로서는 매우 급진적인 것이었다. 그륀은 1952년에 사우스데일의 설계를 처음 의뢰받았을 때 이미 소매업 건축 분야의 혁신적 사상가로 입지를 다진 상태였다. 저술과 이론적 스케치를 시작으로 나중에는 디트로이트 외곽에 있는 노스랜드 센터 설계를 맡았고, 객석과 은행, 우체국, 의무실, 분수, 매장 전면의 호화로운 조경을 갖춘 노스랜드 센터는 다목적 소매업 개발의 초기 사례가 되었다. 이전의 건축 설계에도 그륀의 개인적 취향이 종종 반영되긴 했지만, 이다이나의 사우스데일 센터에는 그의 고향인 빈이 특히 지대한 영향을 미쳤다. 1956년에 건축 전문지 〈아키텍추럴 포럼〉은 "빅터 그륀이 유럽에서의 추억을 바탕으로 사우스데일을 설계했다"며 흥분을

감추지 않았다.[1]

사우스데일은 그륀의 이전 프로젝트보다 크기와 범위가 클 뿐만 아니라 달성하고자 했던 콘셉트도 더 야심만만했다. 그는 쇼핑과 교류, 여가, 놀이를 가르는 경계를 파격적으로 지움으로써 유럽의 감성을 미국으로 들여오려 했다. 결국 그륀이 내놓은 것은 완전히 새롭고 총체적인 소비자 경험이었다. 그리고 그의 야심이 가장 잘 드러난 공간이 바로 사우스데일의 공공 공간, 그중에서도 특히 중앙 광장이었다.

'영원한 봄의 정원'이라는 이름의 중앙 광장은 사우스데일 센터의 보석이었다. 쇼핑객의 마음을 사로잡으려는 목적으로 설계된 이 오아시스는 새로운 시대에 발맞춰 냉난방 장치를 추가한 마을 광장 같은 것이었다. 광장에는 분수와 금붕어들이 노니는 연못, 식물과 꽃, 새장, 해리 베르토이아의 조각 작품을 비롯해 특별 의뢰한 예술작품이 있었다. 천장에 난 채광창 아래 조경 사이로 사이드워크 카페라고 불린 매력적인 식당이 있었고, 그곳에서 유니폼을 갖춰 입은 종업원들이 역시 옷을 잘 차려입은 고객들에게 차와 크루아상을 제공했다. 빨간색과 흰색이 뒤섞인 바람개비 모양 파라솔과 간식을 먹으며 쉴 공간을 찾아 밀려드는 쇼핑객 때문에 중앙 광장은 분주한 도시의 거리처럼 보였다.

저녁이 되어 사위가 어둑해지면 정원 광장을 마주보는 매장들의 불빛이 편안한 분위기를 자아냈다. 진열창을 가득 채운 상품들은 공들여서 세심하게 배치되어 있었다. 쇼핑객은 정원 광장으로 이어지는 중앙 통로를 따라 걸으며 아이쇼핑을 하거나 분수 가장자리 또는 벤치에 앉아 잠시 휴식을 취했고, 끊임없이 들려오는 물소리는 실제로 평온함을 안겨주지는 않더라도 최소한 평온함을 떠올리게 하는 역할을 했다. 한 무리의 펜던트 조

명이 밝게 비추는 이층짜리 장식용 새장 안에서는 알록달록한 새들이 날개를 퍼덕이며 노래했고, 갓 내린 커피 향이 공기 중에 가득했다.

대다수의 쇼핑객이 정원 광장으로 몰려들었지만 모두가 좋은 인상을 받은 것은 아니었다. 1956년 11월에 사우스데일을 방문한 프랭크 로이드 라이트는 그륀이 만든 이 공간을 혹평했다. "이 정원 광장엔 마을 거리의 매력은 하나도 없고 단점만 잔뜩 있다. 이 황량해 보이는 곳에 누가 앉으려 하겠는가?"[2]

사우스데일을 비난한 사람은 라이트가 거의 유일했다. 〈포춘〉과 〈뉴스위크〉〈뉴욕타임스〉 모두 새로운 쇼핑몰과 편의시설을 극찬했다. 〈라이프〉는 사우스데일을 "미국에서 가장 눈길을 끄는 쇼

쇼핑몰

핑센터"로 일컬었고, 〈타임〉은 이곳을 "주차장을 갖춘 아방궁"으로 칭했다. 적어도 당시의 여론은 확실히 그륀의 편이었다.

사우스데일의 특별함은 야외 쇼핑센터의 개념을 그대로 뒤집었다는 데 있었다. 그륀의 콘셉트는 건물의 전면부가 꼭 요새 같았지만 사우스데일에 입점한 두 대형 백화점이었던 도널드슨과 데이턴의 반짝이는 출입구 덕분에 여전히 외관이 묘하게 매력적이었다. 이 쇼핑몰은 다채롭고 매혹적인 건물 내부와 당시 미국 소비자에게는 완전히 낯선 개념이었던 몰입형 체험을 약속하며 쇼핑객을 끌어당겼다.

그륀과 함께 일하며 사우스데일의 공사를 감독했던 허먼 거트먼은 쇼핑몰 개장일에—7만 5천 명이 모여들었다—자신들이 지은 건물이 무언가 특별하다는 사실을 깨달았다. 거트먼은 "안으로 들어와서 둘러보던 사람들의 입이 떡 벌어졌습니다"라고 말했다. "사람들이 받은 충격은 정말이지 대단했습니다. 전례없는 일이었지요."[3]

아민의 차가 떠난 뒤 나는 쌍여닫이문을 열고

현재 사우스데일에 입점해 있는 메이시스 백화점으로 걸어들어간다. 내 고향 펜실베이니아 피츠버그에 있는 수십 개의 쇼핑몰 내 백화점들과 입구가 똑같다. 안으로 들어서자 가장 먼저 향수와 새 옷 냄새가 나를 강타하고, 뒤이어 푸드코트에서 감자튀김과 피자의 익숙한 냄새가 풍겨온다. 쇼핑몰에 또다시 입장하니 추억이 주마등처럼 밀려든다. 처음 쇼핑몰에 방문했던 어린 시절과 중앙 광장에서 수도 없이 탔던 부활절 꼬마 기차, 고등학교 댄스파티에서 입을 정장을 쇼핑하던 십대 시절의 오후, 성인이 된 뒤 고객 서비스 센터 직원에게 상품을 환불해달라고 애원하던 날까지. 쇼핑몰에 들어서는 것은 절대 끊어지지 않는, 사람마다 고유하면서도 누구나 공감할 수 있는 신경 주파수에 맞춰 다이얼을 돌리는 것과 같다.

옷들이 걸려 있는 행거와 보석 진열장, 화장품 진열대 등 다른 쇼핑몰에서도 본 적 있는 익숙한 랜드마크 옆을 지나는 경험은 기억 속에 그려진 지도를 따라가는 것과 비슷하다. 사우스데일 방문은 이날이 처음이었지만 나는 어디로 가야 할지 알았다. 바로 이것이 쇼핑몰 평면도의 약속, 반복의 지리학이다. 이곳이 프로비던스나 신시내티, 혹은 리노나 베이커스필드에 있는 메이시스였어도 구불구불 이어지는 통로는 비슷비슷한 중앙 통로로 이어졌을 것이고 오로지 쇼핑몰 이름만 워릭에서 노스게이트로, 메도우드에서 밸리 플라자로 바뀌었을 것이다. 어디에나 채광창과 백색소음, 시나본*과 뮤잭†, 보안 요원과 정보 키오스크가 있었을 것이다. 쇼핑몰에서의 경험은 이렇게 예측

---

* Cinnabon, 시나몬 롤을 판매하는 프랜차이즈로 미국의 대형 쇼핑몰에 주로 입점해 있다.

† Muzak, 미국의 쇼핑몰이나 상점, 식당 등에 배경음악을 공급하던 회사. 공공장소에 흐르는 특유의 음악을 지칭하기도 한다.

가능하다. 마치 복사본의 복사본의 복사본을 보는 느낌이다.

사우스데일 방문은 여러모로 순례 여행이었다. 종교도 없고 내 경험에 영적인 의미를 부여하고 싶은 마음도 없지만, 놀이터와 근린공원, 다리, 비어 있는 건물, 버려진 집 같은 여러 공공 공간은 오래전부터 내게 막대한 영향을 미쳤다. 이러한 공간에 본능적으로 매료되는 것은 내가 어렸을 때나 십대 시절에, 또 성인이 된 후 이러한 장소에서 현실을 도피하려 했기 때문이기도 하지만, 이곳들에 개개인의 역사가 모여 과거와 현재, 미래와 생생하게 연결될 수 있기 때문이기도 하다.

예를 들어, 어렸을 때 펜실베이니아 윌킨스버그에 있던 우리집 옆 옆에 위치한 빈집에 마음을 빼앗겼던 기억이 난다. 그때 나는 여덟 살 아니면 아홉 살이었다. 처음에는 그저 창문으로 안을 들여다보며 내부가 지극히 평범해 보인다는 사실에 감탄했다. 어찌나 평범했던지 식탁 앞에 가족이 나타나거나 누군가가 이층에서 계단으로 내려오는 모습을 볼 수 있을 것만 같았다. 그 집을 마지막으로 찾아갔던 날 친구와 나는 벽난로 선반 위로 난 작은 창문을 열고 안으로 기어드는 데 성공했다. 나는 책꽂이 위에 앉아 다리를 달랑거리며 방안을 살펴보았다. 여름이었고, 집안은 오랫동안 폐쇄된 탓에 덥고 먼지가 자욱했다. 금지된 장소에 들어와 있자니 온몸에 아드레날린이 솟구쳤고 두 팔이 덜덜 떨렸다. 빈 책장에서 기어내려가 다른 공간을 들여다볼 엄두가 나지 않았다. 그러기엔 너무 무서웠다.

십대가 되자 그러한 두려움은 사라졌다. 공공장소에 가면 점점 혼란스러워지던 내 삶에서 잠시나마 주의를 돌릴 수 있었다. 심각한 우울증과 강박장애, 사랑하던 여자친구와의 파괴적 관계로 점철된 시간이었다. 내가 자주 찾던 장소 중 하나는 피츠버그 동부 교외 지역의 골짜기 사이를 연결하는 현수교 밑이었다. 현수교 위를 지나는 고속도로는 근처 쇼핑몰로 향하는 차량들로 번잡했다. 나는 한 발만 미끄러져도 삼층 높이에서 추락해 죽을 수 있다는 사실을 무시하고 양팔을 뻗어 균형을 잡으며 대들보 위를 걸었다. 줄타기가 따분해지면 다리 끝에서 끝까지 이어진 격자형 통로를 탐험하며 위에서 이동하는 차량들처럼 양방향으로 왔다갔다했다. 친구들이 다리의 콘크리트 지지벽에 페인트로 낙서를 하고, 다 쓴 스프레이 캔과 쇼핑몰에서 훔친 카세트의 도난 방지 케이스가 그들 발밑에 굴러다니는 동안, 나는 주로 혼자였다. 다리에서 아래 있는 안개 낀 울창한 골짜기를 내려다보면 근처 유니언 철도의 원형 차고에서 뻗

쇼핑몰

어나온 기찻길이 마치 철로 주조한 뿌리 조직처럼 보였다. 격자형 통로 위의 고요함과 아스팔트 위를 굴러가는 자동차 타이어의 리드미컬한 사운드는 마치 최면과도 같았고, 이 기이한 자장가가 사춘기를 지나는 내 마음을 편안하게 달래주었다.

그러나 쇼핑몰은 어떤 장소보다 내 상상력을 자극했다. 어린 시절에는 쇼핑몰을 호기심과 감탄을 자아내는 신성한 장소로 여겼고, 쇼핑몰의 열대 정원과 폭포, 연못은 내가 떠올린 환상적 세계의 완벽한 배경이 되었다. 쇼핑몰 하면 행복한 주말이나 부모님과 누나와 함께 보낸 시간이 떠올랐다. 십대 때 쇼핑몰은 내가 처음으로 독립성을 경험한 곳이었다. 그때 나는 쇼핑몰을 구석구석 남김없이 착취할 수 있는 작은 도시로 여기며 내셔널 레코드 마트와 오아시스, 테이프월드에서 앨범을 뒤지거나 B. 돌턴에서 잡지와 만화책을 훔쳤다. 친구들과 상점 뒤에 숨은 통로를 멋대로 뛰어다녔고 장난이 과하다 싶을 때면 보안 요원을 피해 도망쳤다. 귀여운 여자애들에게 마음을 빼앗겼고 비디오게임방에서 첫 키스를 하기도 했다. 푸드코트에서는 무료 리필 정책을 남용해 값싼 타코를 지나칠 만큼 먹어댔다.

그러나 어른이 되자 나와 쇼핑몰의 관계는 달라졌다. 지난 10년간 수십 개의 쇼핑몰이 문을 닫고 그 밖의 수많은 쇼핑몰이 노후화되는 성쇠의 과정을 목격했다. 그뤼이—제임스 라우스 및 A. 앨프리드 타우브먼 같은 동시대 건축가들과 함께—수립했고 수많은 건축가와 개발업자가 60년 넘게 모방해온 공동체와 상업의 결합이라는 초기의 약속을 지키려고 고군분투하는, 한때는 숭고했던 건축학적 경이로 쇼핑몰을 이해하게 되었다. 또한 여러 면에서 쇼핑몰은 제2차세계대전 이후 미국인이 품은 열망을 보여주는 빛바랜 기념비가 되었다. 그들이 품은 교외의 꿈은 강박적이었으나 진심이었고, 힘들게 얻었으나 덧없는 것이었다.

쇼핑몰은 내 삶 속에 언제나 존재했지만 접촉이 끊어진 장소이기도 하다. 나는 이다이나에서 이 관계를 되살릴 수 있기를 바랐다. 내 삶의 역사와 쇼핑몰을 향한 심리적 애착을 더 깊이 이해하고 싶어서이기도 했지만, 쇼핑몰이 천국 같았던 시작 점에서 얼마나 멀리 벗어났는지 알아보고 싶어 이기도 했다.

처음 개장하고 60년이 흐르는 동안 사우스데일 은 많이 변했다. 처음에 내가 품은 기대감은 비현 실적일 만큼 컸다. 1956년 12월 10일자 〈라이프〉 에 실린 사진작가 가이 질레트의 그림 같은 사진 속에 걸어들어갈 수 있으리라 상상한 것이다. 적 어도 나는 20세기 중반의 그 경이가 일부나마 온 전히 남아 있기를 바랐다. 질레트의 사진은 현재 에 실현된 미래의 이야기를 전달했다.[4] 그륀은 사우스데일을 통해 미국 우주 시대의 미래 지향적 낙관주의를 현실에 적용하는 데 성공했다. 그는 자신의 독창성을 우주선 기지나 달 식민지 설계에 쓰는 대신 지상에 단단히 매어두고 교외 지역의 사회적 고립을 완화하고자 했다.

사우스데일은 쇼핑몰 그 이상이었다. 한편으로는 교외 도시계획의 대담한 실험이었다. 처음에 그륀이 상상한 사우스데일은 323만 7,485제곱미터 이상을 아우르는 훨씬 거대한 복합 용도 개발의 중심에 있었다. 초기 계획에서 그는 사우스데일을 아파트, 주택, 학교, 종합병원, 공원에 더해 심지어 호수까지 있는 성대한 공동체의 중추 역할을 할 사교 및 소매업의 허브로 구상했다. 그륀은 쇼핑몰이 이론상으로는 본보기로 삼은 도심지의 상업 지구와 유사하지만 낯설고 새롭게 느껴질 만큼은 달라야 한다는 사실을 유념하며 쇼핑몰이 "교외 공동체 생활의 결정점"이 되려면 공유 공간과 야외 카페, 아이들을 위한 놀이 공간이 매우 중요하다고 강조했다.

그륀은 1960년에 "교외의 쇼핑객에게 가장 필요한 것은 접근이 편리하고 재고가 충분하며 무료 주차장이 넉넉한 상업지역이다"라고 말했다. "바로 이것이 애초에 쇼핑센터가 구상된 실용적 이유이며, 대다수 쇼핑센터가 이러한 필요를 적절히 충족한다. 그러나 좋은 도시계획이라면 교외 특유의 심리적 풍토에 내재한 다른 필요까지 충족함으로써 쇼핑객을 끌어들이는 부가적 요인을 창출할 것이다. 쇼핑센터는 안전한 보행 환경에서 사교 생활과 오락을 제공하고 시민 편의시설과 교육 시설을 하나로 통합해 기존의 공백을 메울 수 있다."[5]

정원 광장으로 이어지는 사우스데일의 산책로를 걷다보니, 그륀이 교외에 존재하던 공백을 메우려다 의도치 않게 또다른 공백을 만들어냈다는 사실이 점점 명백해졌다. 그 사실은 한때 활기 넘쳤던 쇼핑몰의 중앙 광장에서 가장 똑똑히 드러났다. 지금도 중앙 광장에 우뚝 솟아 있는 해리 베르토이아의 조소〈황금 나무〉를 제외하면 이 공간은

휑뎅그렁하고 썰렁했다. 영원한 봄의 정원에서 유일하게 영원한 것은 절대적 공허감뿐이었다. 그륀이 상상한 공동체 속 오아시스의 흔적은 전부 사라지고 없었다. 카페도 분수대도, 물고기가 노니는 연못도 없었고, 시끌벅적한 대화 사이로 들려오던 새들의 노랫소리도 없었다. 화초도 없었다. 정원 광장의 정원은 저임금 노동자들이 일하는 카리부 커피와 선글라스 헛의 매대로 대체되어 현재는 이따금 보안 요원들이 이륜 전동차를 타고 덜덜거리며 지나가는 교차로 역할을 하고 있었다. 가이 질레트가 1956년에 찍었던 푸릇푸릇하고 매혹적인 장면은 마치 한 번도 존재한 적 없는 신기루 같았다.

사우스데일에는 정원 광장의 빛바랜 위엄 외

에 다른 공백들도 있었다. 그중 가장 눈에 띄는 것은 한때 사우스데일을 비롯해 1950년대 중반부터 1970년대 후반까지 지어진 대다수 쇼핑몰의 필수 요소였던 소규모 사업체들의 주변화였다. 물론 지역 자영업자가 쇼핑몰의 주요 임차인이었던 때는 체인점이 소매업계를 장악하기 전이었다.

H&M과 빅토리아 시크릿, 바나나 리퍼블릭, 코치, J. 크루 같은 소매업체가 스포트라이트를 받는 사우스데일의 깔끔한 중앙 통로를 돌아다니다가 사뭇 다른 공간을 발견했다. 드래곤 시티 지압, 얀 부티크, 알라 모아나 네일, 스티치 잇 옷 수선 같은 사업체들이 사람들의 발길이 뜸한 측면 복도로 밀려나, 사우스데일의 주요 소매업체들과는 눈에 띄게 멀리 위치해 있었다. 이런 관행은 사우스데일만의 문제가 아니다. 미국 전역의 쇼핑몰이 비인기 공간을 종종 할인된 가격에 임대하는데, 쇼핑몰의 보장된 유동인구를 누리고 싶은 소규모 사업체는 이러한 공간을 매력적으로 느낄 수 있다. 그러나 캄캄하고 텅 빈 통로에, 때로는 공사용 시트로 덮어놓은 구역 바로 옆에 자리한 업체들을 지

나자니 이 버려진 복도가 그야말로 소매업계의 빈민가처럼 느껴졌다.

사우스데일이 태어난 1956년의 문화적 환경은 오늘날과 무척 달랐다. 남성이 여전히 가장으로서 가족을 먹여 살렸고 여성은 자녀를 키우며 가정생활이 순조롭게 유지되도록 관리했다. 쇼핑은 여가생활이 아닌 필수 활동이었다. 미국의 모든 도시에 있는 쇼핑몰과 마찬가지로 사우스데일도 그 이후로 무수한 사회·경제적 변화를 견뎌왔다. 이제 사우스데일은 중앙 조직에서 운영하고 브랜딩하는 전국 규모의 쇼핑몰 대기업인 사이먼 몰 소속이다. 즉, 한때는—고객을 배려한 설계와 호화로운 매장, 마을 같은 분위기로 찬사받는—현대 미국 쇼핑몰의 원형이었던 사우스데일이, 자신에게

서 영감을 얻은 또하나의 따분한 대기업 프랜차이즈가 되었다는 뜻이다. 사우스데일이 이름을 잃지는 않았을지 몰라도, 고유한 개성은 이제 사라져버렸다.

그륀은 만년에 자신이 상상한 쇼핑몰의 비전이 점점 훼손되고 있음을 깨달았다. 설계뿐만 아니라 자신이 염원한 쇼핑몰의 역할도 당황스러울 만큼 달라져 있었다. 건축가와 개발업자는 소비자 경험을 중시하는 설계가 아니라 매장 면적과 임대료, 판매 공간의 극대화에 집착했다. 각 도시에 사우스데일의 아류들이 우후죽순 생겨나자 그륀은 자기 작품을 별 장점이 없는 "거대한 쇼핑 기계"로 여기게 되었다. 그는 자신의 콘셉트가 실패했다고 판단했다. 쇼핑몰은 실제로 미국 교외 지역에서 그럭저럭 교류의 장이 되었지만, 완벽하게 실현되지 못한 콘셉트는 빈 출신 건축가의 본래 비전과 너무 동떨어져 있었다.

2004년에 맬컴 글래드웰은 이렇게 썼다. "그륀은 자신이 오래전에 지은 쇼핑센터 중 한 곳을 다시 방문해 난개발된 주변 환경을 목격하고는 '십각한 정신적 충격'을 드러냈다. 그리고 '땅을 낭비하며 끝없이 펼쳐진 추하고 불편한 주차장' 때문에 쇼핑몰이 망가졌다고 말했다. 개발업자들은 오로지 이윤에만 관심이 있었다. 그는 1978년 런던에서 한 연설에서 '나는 그 조악한 개발 행태에 아무런 책임도 지지 않겠다'고 말했다."[6]

그륀이 쇼핑몰의 현상태에 반대 의사를 표명한 것은 미국 사회에서 쇼핑몰이 차지하는 위치를 혹독하게 비난한 것과 마찬가지였다. 그륀이 자신의 결과물과 공개 절연한 바로 그해에 조지 A. 로메로 감독이 좀비로 들끓는 쇼핑몰로 생존자 네 명이 피신하는 내용의 영화 〈시체들의 새벽〉(1978)을 공개했다는 사실 역시, 적어도 동시성의 측면에서 주목할 만하다. 1970년대 말은 쇼핑몰의 발

쇼핑몰

전뿐만 아니라 소비문화 전반에서 전환점이 마련된 시기였다. 쇼핑은 여가활동에서 전 국민적 집착으로 발전했다. "지쳐 쓰러질 때까지 쇼핑하라"나 "나는 쇼핑하기 위해 태어났다" 같은 슬로건은 1980년대에야 티셔츠와 범퍼 스티커에 모습을 드러내기 시작했지만 순식간에 당시의 지배적 사고방식이 되었다. 극도로 소비주의적인 문화 속에서 그륀은 자신이 구상한 쇼핑몰의 콘셉트가 본인의 상상처럼 교외 중심부의 번영을 불러오지 못했으며 장기 지속 가능성이 없을지도 모른다는 사실을 깨달았다.

사우스데일의 중앙 통로를 걷다보니 그륀의 후계자들이 그의 비전을 개량한 것이 아니라 자기 마음대로 비틀어버렸다는 사실이 분명해졌다. 사우스데일이 처음 문을 연 이후 전국의 개발업자와 소매업자가 쇼핑몰을 기쁨은 없고 효율만 있는 상품 전달 시스템으로 뒤바꾸는 과정에서 교류와 환경의 중요성은 줄어들고 소비자의 경험은 단순한 거래로 전락했다.

역사를 찾아 사우스데일에 왔지만 이곳의 역사

는 사라지고 없었다. 그 역사는 전국의 대도시와 소도시, 심지어 전 세계에 유통되고 복제되어 어디에나 존재하게 되었지만 결과가 늘 긍정적인 것은 아니다. 그륀이 건축으로 추구한 이상—사람과 장소, 사물의 완벽한 통합—은 자본주의의 수단으로 축소되었다. 그 수단이나마 제대로 반복되거나 개선된 경우는, 특히 그륀이 사우스데일에 쏟은 관심과 노력을 똑같이 기울인 경우는 극히 드물다. 그륀의 설계도 결코 완벽하지는 않았지만 그는 실용적이면서도 매혹적인 공간을 만들겠다는 열망과 인본주의적 관심을 품고 설계에 임했다.

열망은 쇼핑몰의 핵심이다. 열망은 쇼핑몰의 성공뿐만 아니라 그 매력에서도 중요한 역할을 차지한다. 쇼핑몰은 영원히 새로운 것을 받아들이는 희망적인 장소이며, 지금이 영원히 이어지는 곳이다. 쇼핑몰은 그곳을 설계하는 건축가나 성공해서 돈을 벌고 싶은 개발업자뿐만 아니라 쇼핑몰의 반짝이는 통로에서 위안을 구하는 쇼핑객에게도 열망의 장소다. 그륀이 1964년에 썼듯이, 쇼핑몰은 영국의 도시계획가 에버니저 하워드가 1898년에 일찌감치 제안했던 화려한 콘셉트의 최신판일 뿐이었다. "에버니저는 새로운 정원 도시의 특징 중 하나로 '쇼핑센터'(에버니저 본인이 이 단어를 사용한다) 역할을 하는 고리 모양의 '수정궁'을 구상했다. 그는 말한다. '공산품을 판매하는 이곳에서 고민과 선택의 즐거움이 수반되는 대부분의 쇼핑이 이루어진다.'"[7]

이러한 즐거움이 쇼핑몰이 지닌 매력의 본질이다. 바로 이 즐거움이 애초에 우리를 쇼핑몰로 끌어들이고 재방문을 유도한다. 자신이 원하는 물건을 살지 말지 고민하는 즐거움도 있지만, 쇼핑몰이 주는 환상 속에 빠져드는 즐거움도 있다. 이때 우리는 모든 불신을 유예하고 세상 속의 또다른 세상으로 사라진다. 쇼핑몰을 방문할 때 우리가 추구하는 것은 감정적 경험이다. 피팅 룸에 들어가서 거울을 들여다볼 때 우리는 더 나은 자신이나 되고 싶은 자신을 발견할지 모른다. 백화점의 가구 전시관에서는 집에서 우리를 기다리고 있는 공간보다 더 웅장한 거실과 방, 침실을 상상한다. 가정용품을 둘러볼 때는 맛있는 음식을 먹으며 흥미로운 대화를 나누는 디너파티를 떠올린다. 음반점에서는 언젠가 우리의 추억이 담겨서 들을 때마다 미소나 눈물을 자아낼 음악을 찾아 헤맨다. 쇼핑몰 방문은 과거만큼이나 미래에 관한 것이며, 앞으로 하게 될 경험만큼이나 이미 했던 경험에 관한 것이다.

사우스데일에서 나는 이곳의 유명한 과거와 전

혀 연결되지 못했다. 프랭크 로이드 라이트가 스리피스와 중절모 차림으로 기자들 앞에서 사우스데일이 따분한 건축물이라고 말하는 모습을 상상할 수 없었다. 북적이는 정원 광장과 카페에서 대화를 나누는 쇼핑객들, 채광창으로 쏟아지는 햇살에 반짝이는 식물들도 상상할 수 없었다. 또한 1956년 10월의 개장일에 이곳에서 제공하는 서비스를 속속들이 경험하려고 중앙 통로에 모여든 인파도 상상할 수 없었다. 아마 그건 내가 살면서 사우스데일을 자주 찾지 않았기 때문일 것이다. 나와 이 쇼핑몰에는 감정적 연결 고리가 없다. 이곳에는 내 추억이나 경험, 개인적 역사가 없다. 어렸을 때 중앙 광장에 있는 분수에 동전을 던지며 소원을 빈 적도, 십대 때 카세트테이프를 훔치거나 비디오게임방에서 몇 시간이나 스트리트파이터를 한 적도, 어른이 되어 추위를 피하거나 마음껏 돌아다니려고 아들을 데리고 이곳을 찾은 적도 없다. 내가 처음 사우스데일을 방문해서 발견한 것은 그륀이 지은 건축물의 껍데기뿐이었다. 충격받은 것은 아니었지만 환상이 깨진 것은 사실이었다.

　다시 메이시스 백화점으로 돌아가며 아민에게
전화를 걸어 데리러 와달라고 부탁했다. 곧 사우
스데일이 폐장할 시간이어서 중앙 통로에 사람이
드문드문했다. 백화점 안으로 들어가기 전에 쇼핑
몰 끝에 있는 광장의 휴식 공간에 잠시 앉았다. 소
파와 탁자, 의자, 주로 공항 터미널에서 보이는 핸
드폰 충전대가 있었다. 이케아에 있는 가정집의
한 단면에서 책과 액자, LP, 장식품 같은 자잘한 잡
동사니와 무드등을 뺀 것 같은 풍경이었다. 한 나
이든 여자가 소파에 혼자 앉아 있었는데, 핸드폰
화면의 불빛으로 얼굴이 환히 빛났고 충전 케이블
이 무릎에 늘어뜨려져 있었다. 그 여자는 내게 별
관심이 없었고, 우리는 몇 초간 어색하게 그 이상

하고 외로운 공간에 함께 머물렀다.

메이시스 백화점으로 넘어가서 조금 전 쇼핑몰 쪽으로 걸어들어왔던 구불구불한 통로를 거꾸로 되짚어 따라갔다. 화장품 진열대와 보석 진열장을 똑같이 지났고, 향수와 새 옷 향기, 희미하지만 여전히 푸드코트에서 흘러나오는 감자튀김과 피자 냄새를 똑같이 맡았다. 그러나 이번에는 그 무엇에도 추억이 물밀듯 쏟아지지 않았다. 그건 아마 내가 이 쇼핑몰에 이미 익숙해졌고 솟구치던 행복감이 걸음걸음마다 자연스레 약해졌기 때문일 것이다. 아니면 쇼핑몰 방문은 으레 지쳐서 집에 돌아가고 싶은 마음으로 끝나는 것인지도 모른다.

사우스데일 센터 밖으로 나가니 날이 저물어 있었다. 빗줄기와 더불어 쇼핑몰에서 나오는 쇼핑객의 발길도 잦아들었다. 주차장 절반이 비어 있었고, 저 끝에 주차된 차들은 대부분 보안 게이트가 내려오고 조명이 다 꺼질 때까지 안에 갇혀 있을 직원들의 것이었다. 모퉁이에서 헤드라이트 한 쌍이 나타났고 아민의 택시가 천천히 길가에 멈춰 섰다.

"쇼핑몰은 어땠어요?" 내가 옆문을 열자 그가 라디오 볼륨을 낮추며 물었다. 그의 미소 띤 얼굴에 눈썹이 물음표처럼 걸려 있었다.

"좋았어요." 내가 미덥지 않게 대답했다. "산 건 없지만요." 나는 빈손이었다. 쇼핑백이 하나도 없어서 그 점에서는 들려줄 이야기가 없었다. 그리고 무언가 계속 마음에 걸렸다.

"내가 찾고 있던 것을 찾았는지 모르겠어요." 나는 등뒤로 문을 닫고 안전벨트를 채우며 덧붙였다. 그리고 그 말이 매우 이상하게 들린다는 사실을 깨달았다. 겨우 몇 시간 전에 처음 만난 사람에게는 더더욱 그럴 것이었다. 그러나 사우스데일이 과거의 매력을 잃고 별 볼 일 없는 장소로 변해버린 것을 목격하자 그 생각이 머릿속을 떠나지 않았다.

"유감이네요." 아민이 말했다. "다음번엔 몰 오브 아메리카에 가봐요."

"그러게요." 내가 말했다. "그래야겠네요."

1. 영원한 봄

어머니가 김벨스 백화점에서 마감조로 일하는 봄밤이면 누나는 어머니가 돌아오기를 손꼽아 기다리며 롤러스케이트를 타고 백화점 앞 보도 위를 이리저리 내달렸다. 빨간색과 파란색 끈에 붉은 바퀴가 달린 흰색 에나멜가죽 롤러스케이트를 타고 여기저기를 쏘다니던 누나는 더없이 행복하고 평화로워 보였다. 드넓은 주차장 곳곳에 우뚝 솟아 사방을 밝히는 수백 개의 가로등 불빛 속에서, 이곳을 롤러스케이트장 삼아 놀고 있는 아홉 살 난 소녀. 누나 뒤로는 흐릿한 검푸른색 하늘을 배경으로 백화점 입구가 환히 빛났다. 매장 안은 텅 비었지만 아직 불이 들어와 있었고, 일제히 윙윙거리는 형광등 불빛 아래서 마지막 남은 계산원들이 그날 밤에 받은 영수증을 전부 합산하고 금전 등록기를 비웠다.

　나는 아버지의 금색 플리머스 더스터 조수석에 앉아 누나를 쳐다보았고, 라디오에서는 야구 경기가 중계되고 있었다. 1981년이었고 나는 네 살이었다. 피츠버그 파이리츠는 두 시즌 전에 월드 시리즈에서 우승했는데, 왜인지 그때 시스터 슬레지의 〈We Are Family〉라는 노래가 팀 주제곡이 되어 피츠버그의 모든 트랜지스터라디오와 카스테레오에서 지겹도록 흘러나오고 있었다. 아버지는 좋게 봐도 스포츠에 관심이 많다고는 할 수 없었지만 완전한 침묵 속에 있느니 차라리 라디오를 켜두는 편을 선호했다. 그래서 실황중계 아나운서와 스포츠 해설자의 농담이 우리 사이를 가득 채

쇼핑몰

웠고, 자동차 안에서는 우리가 아닌 다른 이들의 대화가 이어졌다.

누나의 롤러스케이트 바퀴가 콘크리트 틈 사이를 넘어가는 소리—**쿵쿵, 쿵쿵, 쿵쿵**—가 들릴 때마다 눈꺼풀이 점점 더 무거워졌다. 늦은 밤이라 피곤해서였을 수도 있고, 가족이 함께 떠난 장거리 자동차 여행중에 잠들었다가 아버지가 고속도로에서 서서히 속도를 늦추고 도로 요금소 앞에 깊이 파인 요철 구간을 천천히 지나갈 때만 잠에서 깼던 기억이 떠올라서였을 수도 있다.

"왜 이렇게 오래 걸려요?" 누나가 자동차 쪽으로 달려오면서 새된 목소리로 소리쳤다. "지금쯤 엄마 일이 끝났어야 하는 거 아니에요?" 누나가 양발의 스케이트를 교차하며 달려오는 동안 쇼트커트로 자른 누나의 머리카락이 좌우로 흔들렸다. 아버지가 누나 말을 듣지 못해 내가 다시 전달했다. 야구 중계에 푹 빠져 있던 아버지는 내가 소매를 잡아당겼을 때엔 깜빡 잠들기 직전이었다. 아버지는 나를 바라보다가 손목에 찬 은색 세이코 시계로 시선을 옮겼다.

"네 엄마 곧 나올 거다." 아버지가 한숨을 내쉬고 다시 등받이에 몸을 기대며 말했다. "곧 나올 거래!" 내가 누나에게 함박웃음을 지으며 외쳤다.

어머니의 일터라는 점 외에―그리고 어머니를 태워다줄 때마다 아버지가 종종 장난감 코너의 알록달록한 통로를 돌아다니게 해주었다는 점 외에―김벨스에 그토록 매료되었던 또다른 이유는, 그곳이 평범한 백화점이 아니었기 때문이다. 김벨스는 도심의 대로에 위치해 자동차와 유동인구가 넘쳐나는 시내의 거리로 사면이 둘러싸여 있지도 않았고, 구둣방과 피자 가게, 슈퍼마켓이 늘어선 스트립 몰*이라는 기이한 연옥에 고립되어 있지도 않았다. 김벨스는 달랐다. 그곳은 피츠버그 동

쇼핑몰

부 교외에 위치한 대형 실내 쇼핑몰인 먼로빌 몰의 방대한 내부 세계로 들어가는 웅장한 관문이었다. 김벨스는 어머니가 일하기 전부터 우리 가족이 자주 들르던 곳이었고, 그 장엄함과 매력적인 내부 때문에 우리의 시선을 사로잡은 장소였다. 김벨스는 우리 삶의 중요한 배경이었지만 우리가 그곳의 이름을 제대로 지칭하는 경우는 드물었다. 우리 가족에게 김벨스는 그때도 그 이후로도 쭉 그냥 쇼핑몰이었다. 그 이상도 이하도 아니었다.

1969년 5월에 처음 문을 연 먼로빌 몰은 당시 쇼핑 경험의 정수를 담았다. 펜실베이니아 최초의 실내 쇼핑몰 중 하나이자 당시에는 전국에서 규모가 가장 큰 쇼핑몰이었던 먼로빌 몰은 세 개의 대형 백화점 체인을 중심으로 125개 매장이 입점해 있었으며, 모든 매장이 연중 고객을 끌어들이기 위해 냉난방 장치를 설치했다. 미국 전역의 수많은 쇼핑몰—미네소타 이다이나의 사우스데일 센

* strip mall. 번화한 도로 옆의 단층 건물에 매장들이 일렬로 입점한 쇼핑몰.

터와 로드아일랜드 워릭의 미들랜드 몰, 일리노이 하비의 딕시 스퀘어 몰—과 마찬가지로 먼로빌 몰 역시 시민들이 모이는 장소이자 소비자의 천국으로 기능하도록 설계되었다. 그리고 앞서 지어진 여러 쇼핑몰처럼 교외의 목가적 생활을 조성하고 육성하는 도시의 중심 시설로 구상되었다.

수많은 매장 사이사이를 열대 정원과 분수, 화산암 폭포, 인도교로 장식한 먼로빌 몰의 내부 환경에서 방문객은 모든 불신을 유예하고 문밖의 세상을 잊을 수 있었다. 여름에는 에어컨 덕분에 서부 펜실베이니아의 열기와 습도를 피할 수 있는 이상적 피난처가 되었고, 겨울에는 이 지역의 혹독한 추위와 끝없이 펼쳐진 회색 하늘, 안개비를 피할 수 있는 따뜻한 쉼터가 되었다. 이곳은 설계상 계절의 변화에 영향받지 않는 아방궁이었고, 멀고 가까운 곳에서 찾아온 낯선 이들을 반갑게 환영하는 장소였다.

쇼핑몰 한쪽 끝에는 바닥이 움푹 들어간 좌석으로 둘러싸인 무대 하나가 조지프 혼 백화점 입구를 에워싸고 있었고, 다른 한쪽 끝에 있는 김벨스 앞의 널따란 공용 공간에는 국제 시계―이층 높이의 시계탑으로, 피츠버그에 거주하는 다양한 민족을 상징하는 자동인형이 매시 정각에 튀어나왔다―가 서 있었다. 쇼핑몰의 위층과 아래층 곳곳에 브라운 더비와 디 포모도로 같은 레스토랑 및 라운지가 있었고, 얼음 궁전이라고 불린 실내 아이스링크는 방문객에게 더 머물다 가라고 설득했다.

우리 가족은 이곳에서 행복했다. 반은 동화 속 나라이고 반은 장터였던 이곳은 우리에게 진짜 필요한 것은 하나도 없었지만 우리가 원하는 것은 빠짐없이 갖추고 있었다. B.돌턴에는 만화책과 잡지가 수백 권 꽂혀 있었고, 토이코에는 액션 피규어가 잔뜩 걸려 있었으며, 중앙 통로의 채광창 밑에는 자동차 대리점의 신형 모델이 주차되어 있었고, 조지프 혼 백화점의 진열장에는 반짝이는 보석이 들어 있었다. 이곳에선 시간의 흐름을 잊었고 애초에 여기 온 이유조차 잊어버리기 십상이었다. 언젠가부터 이곳은 우리 가족의 두번째 집, 우리가 인생에서 가장 편안함을 느끼는 장소 중 하나가 되었다.

어머니는 매주 J.C. 페니 백화점의 가구 전시장을 거닐며 완벽한 거실을 마음껏 탐구했고, 종종 온 가족이 동참하기를 요구했다. 나와 누나는 기꺼이 어머니의 요구에 따랐고, 모듈형 소파에 털썩 기대앉아 공허한 시선으로 소품용 텔레비전을 바라보며 집에 있는 소파에 앉아 열심히 연습했던 멍한 표정을 짓거나, 부모와 아이 모두의 시선을 끌기 위해 제작된 우주비행사나 승마 테마의 침실 가구 세트를 누가 차지할지를 두고 다투는 척하기도 했다. 우리는 이 상상 속 삶에서 행복했다.

반면 아버지의 방식은 더 조심스러웠다. 나와 누나가 안에 들어 있을지도 모르는 것들을 찾아 서랍장을 뒤지는 동안 아버지는 연출된 집안을 천천히 거닐며 가격표를 확인하거나 손등으로 탁자를 탁탁 두드렸는데, 본인은 이를 일종의 즉석 품질 검사라고 설명했다. 나는 아버지가 스카치가드*사의 상세한 논문을 읽는 모습을 목격하기도 했다. 그 논문은 자사 상품이 수많은 사고, 즉 아이들의 파괴적 행동으로부터 소파를 보호할 수 있는 다양한 방식을 개괄했다. 아이들이 갑작스럽게 구토하거나 부적절한 때에 피를 흘리거나 다량의 쿨에이드를 흘리는 것이 그 문서에서 예견한 통상적 위험이었다. 결국 아버지는 안락한 레이지보이 리클라이너에 자리를 잡고 나무 레버를 당겨 발판을

* Scotchgard. 소파와 의류 같은 천의 얼룩을 방지하는 스프레이.

올린 뒤 온몸을 뒤로 편안하게 기대곤 했다. 그 모습을 보면 우리집의 콘솔 텔레비전 세트에서 시트콤 〈바니 밀러〉의 재방송이 깜박이며 흘러나오는 동안 가장 아끼는 머그잔에 차를 담아 홀짝이는 아버지의 모습을 쉽게 떠올릴 수 있었다. 한편 어머니는 근처 이인용 안락의자에 엉덩이를 걸치고 앉아 어떤 색상과 패턴이 우리 생활에 가장 잘 어울릴지 상상하며 패브릭 견본을 넘겨보았다.

우리의 쇼핑몰 방문은 열망이 담긴 상상 놀이였다. 이 놀이를 통해 우리는 돈이 많다면 어떤 삶을 살게 될지, 다른 환경과 용품이 주어진다면 우리 삶이 얼마나 풍성해질지 상상해볼 수 있었다. 아래에 아늑한 학습 공간이 있는 이층 침대가 있으면 더 좋은 학생이 될까? L자 소파와 리모컨으로

쇼핑몰

조작할 수 있는 푹신한 발 받침대가 있으면 우리 가족이 더 돈독해질까? 이 질문 중 어느 것도 실제로 제기되거나 답해지지 않았다. 그럼에도 우리는 실시간으로 공상에 빠져들며 각기 다른 소파와 부엌 식탁, 침대 가구 세트를 갖춘 잠재적 미래를 꿈꿨다. 우리가 쇼핑몰에서 경험하는 한계는, 얼마나 화려한 시나리오를 떠올릴 수 있는가 하는 우리 상상력의 한계뿐이었다. 그러나 쇼핑몰 바깥에 있는 우리의 삶은 완전히 달랐다.

우리 차는 직원 출입구 앞 길가에 주차되어 있었고, 나는 우리가 데리러 갈 때마다 어머니가 나타나는 갈색 철문에 시선을 고정했다. 그건 우리가 봄과 여름, 가을과 겨울에 매주, 매달 치르는 의식이었다. 사람들이 쇼핑몰에 몰려드는 명절이면 우리의 픽업 서비스도 늘어났다. 서비스 창구에서 반품된 물건과 고객 불만을 처리하던 어머니는 고객이 구매한 상품을 포장하는 일도 맡았다. 나는 옷을 깔끔하게 차려입고 금전등록기를 조작하면서 중간중간 모르는 사람의 크리스마스트리 밑에 놓일 선물을 포장하는 어머니의 일이 정말 멋지다고 생각했다. 은색과 빨간색 종이로 포장하고 반짝거리는 리본을 단 선물을 품에 한아름 안고 행복해하는 상태로 손님을 돌려보내는 일은 분명 황홀하면서도 흐뭇하리라 여겼다. 한편으로는 때에 따라 대다수 밤과 주말에 우리에게서 어머니를 오랫동안 빼앗아가는 고된 일처럼 보이기도 했다. 그러나 우리는 그 헤어짐에 끝이 있음을 알게 되었다. 춥고 고요한 겨울, 사람들이 돈을 쓸 만큼 썼고 시간제 직원의 근무시간이 단축되면 우리가 어머니를 데리러 가는 횟수도 점차 줄었다. 그러나 기다림은 매번 끝이 없어 보였고, 어머니가 저 문에서 영영 나타나지 않을 것만 같았다. 쇼핑몰이 어머니를 돌려주지 않을 것만 같았다.

누나와 나는 어머니가 너무 멀리 사라질 때마

다 경계심을 느꼈다. 윌킨스버그에서 할머니 할아버지와 아래위층에 살 때는 어머니의 행방을 쉽게 파악할 수 있었다. 그러나 어머니에게는 몰래 몸을 숨길 만한 장소들이 있었다. 전화선이 부엌문을 통과해 측면 현관 밖까지 길게 늘어뜨려져 있으면 어머니가 세인트루이스에 있는 이모와 장거리 통화 중이라는 뜻이었으므로 신경쓸 필요가 없었다. 도자기 욕조의 수도꼭지에서 끼익 소리와 함께 물 흐르는 소리가 나면 어머니가 물을 채우고 있다는 뜻이었고, 그 말인즉 내가 화장실 문 앞에 앉아 지루해질 때까지 질문을 쏟아낼 수 있다는 의미였다. 어머니가 귀걸이를 착용하거나 손에 자동차 열쇠를 들고 거실에 나타나면 누나와 나는 어디에 가는지 캐묻거나 우리도 데려가라고 애원했다. 어머니를 찾을 수 없을 때면 누나와 나는 할아버지가 폴 몰 담배를 피우며 경찰 무전기에서 흘러나오는 대화를 듣는 동안 어느새 어머니가 그 옆에 앉아 같이 대화를 나누고 있으리라 믿곤 했다. 그럴 때면 이층으로 올라가는 계단 맨 밑에 앉아 어머니의 목소리를 들으려고 귀를 쫑긋 세웠다. 그 당시 우리는 대부분의 시간을 어머니 곁에서 보냈기에 어머니와 떨어져 있는 것이 부자연스럽게 느껴졌다.

　김벨스의 직원 출입구가 열릴 때마다 사람들이 더 많이 밀려나왔다. 내가 아는 사람도 있었고 모르는 사람도 있었다. 파란색과 검은색, 회색과 갈색 양복을 입고 뚱한 표정을 한 남자들은 나이대와 특성이 각기 다른 판매원들이었다. 남자들이 텅 빈 주차장을 터벅터벅 걸어가는 동안 머리 위로 파란색 담배 연기가 피어올랐고 그들의 가슴 깊은 곳에서 기침이 터져나왔다. 나는 모두의 얼굴은 몰라도 그들의 유형은 알았다. 그 남자들은 스테레오와 텔레비전, 매트리스와 침대 프레임, 스토브와 냉장고를 팔았다. 그들에게선 올드 스파

　　　　　　　　　　　　　　　　　　　　쇼핑몰

이스 애프터셰이브와 커피, 담배 냄새가 났고, 다양한 형태와 크기의 머리 위에 숱 없는 하얀 머리카락이나 짙은 색 더벅머리가 덮여 있었다. 얼굴에 누르스름한 콧수염이 있거나 콧등에 두꺼운 이중 초점 안경을 걸쳤고, 주머니에 입냄새를 제거하는 박하사탕을 넣고 다니며 자신의 영업 멘트를 진짜로 믿었다.

점점 더 많은 직원이 문밖으로 쏟아져나왔고 나는 인파 속에서 계속 어머니를 찾았다. 어머니가 곧 나올 것이었다. 남자 판매원들이 각자 뷰익과 포드를 타고 떠나는 동안 흰색 블라우스와 황갈색 치마를 입은 아리따운 여자 판매원들이 환한 주차장 불빛 아래를 나란히 걸었다. 그들은 마치 파티에 온 것처럼 잡담을 나누고 깔깔 웃거나 미소 지으며 상상 이상으로 즐거워했다. 어떤 사람은 작은 핸드백을 들었고, 어떤 사람은 자신의 가늘고 우아한 팔에 갈색 종이봉투를 걸고 있었다. 내 상상 속에서 이 사람들은 똑똑하고 음악 취향이 고상했다. 일하지 않을 때는 근처에 있는 홀리데이하우스에 춤을 추러 갔고, 이들의 남자친구나 남편은 벌목꾼이거나 야구 선수, 아니면 버스 운전사였다. 어린아이였던 내 눈에는 모든 직업이 똑같이 이색적이었다.

얼굴에 떠오른 지친 표정에서 기쁨 또는 권태, 좌절감을 드러내는 몸짓언어에 이르기까지, 어떤 수수께끼 같은 느낌이 쇼핑몰을 빠져나오는 모든 직원을 에워싸고 있었다. 나는 그 사람들을 알지 못했지만 알고 싶었다. 예를 들면 화장품 카운터에서 일하며 미용 관련 조언을 해주거나 작은 종이에 향수를 뿌려서 나눠주며 고객들이 지갑을 열도록 유도하는 젊은 금발 여자들에 대해 알고 싶었다. 창고에서 일하며 지게차를 운전하거나 짐수레 위에 냉장고를 싣는 거친 눈빛의 이십대 남자들 무리에 대해 알고 싶었다. 대개 지저분한 흰색 티셔츠와 청바지 차림이었던 그들을 보면 드라마 〈스타스키와 허치〉(1975~1979)에 등장하는 부두 노동자나 트럭 운전사, 깡패, 따까리, 정보원 같은 인물들이 생각났다.

이 남자들과 여자들의 어떤 몸가짐이, 특히 그들이 주차장을 가로질러 걸으면서 그날의 무게를 털어버리는 모습이 내 호기심을 자극했다. 그들은 활기를 되찾거나 적어도 자기 주변의 현실로 되돌아오는 것 같았다. 그러한 변화를 지켜보는 것은 무척 흥미로웠다. 마치 배우가 공연을 끝내고 무대 뒤에서 긴장을 푸는 모습을 바라보는 것 같았다. 그러나 그 광경은 직원과 고객 사이의 간극을 적나라하게 드러내기도 했다. 쇼핑몰에서 일한다고 해서 반드시 그곳에서 쇼핑할 수 있는 것은 아니었다.

쇼핑몰이 미국에 처음 등장한 1950년대 중반에 김벨스 같은 백화점은 새롭고 매력적인 소매 환경의 중심에 있었다. 블루밍데일이나 벨크, 메이시스, 삭스 피프스 애비뉴, 카우프만 백화점처럼 부유한 창립자의 이름을 딴 백화점들은 넉넉한 고객에게 세련된 경험을 제공하고자 했다. 쇼핑몰과 그 안에 입점한 매장들은 배타적인 공간이 되려는 의도는 없었지만 물품 가격과 교외라는 입지 때문에 중산층 수준의 연봉과 자동차 없이는 접근하기 어려웠다. 통장에 돈이 두둑한 사람은 모피코트나 고급 가정용품을 사러 왔을지도 모르지만, 평범한 방문객은 쇼핑몰이 제공하는 색다른 경험을 하려고 이곳을 찾았다.

밖으로 나오는 직원의 수가 줄어들수록 깨어 있기가 점점 힘들어졌다. 벅스 버니가 이런 상황에 처했다면 아마 눈꺼풀이 감기지 않도록 눈에 이쑤시개를 끼워놨을 것이다. 그러나 나는 그 방법이 정말 효과적일지 확신하지 못했다. 자동차 밖 세상도 점점 고요해지고 있었다. 나는 잠에 빠지려

할 때마다 고개를 앞으로 떨궜다가 깜짝 놀라 깨어나곤 했다.

"엄마 온다." 누나가 자동차 쪽으로 굴러오면서 팔을 크게 흔들며 소리쳤다. 아버지는 마치 신호라도 받은 듯 자세를 바로잡고 시동을 걸어 더스터를 되살려냈다. 엔진이 덜덜거리기 시작하자 아버지는 파이리츠 경기 중계방송의 볼륨을 낮추고 내 쪽을 바라보았다. 그리고 엄지를 쭉 뻗어 평소 내가 앉는 운전석 뒷자리를 가리키며 말했다. "자, 이제 뒤로 넘어가." 아버지는 조수석에 몸을 기대고 금속 손잡이를 잡아당겨 오른팔로 무거운 문을 열어젖혔다. 누나는 롤러스케이트를 타고 달려오다 두 손으로 자동차 보닛을 짚고 멈춰 섰다. 내가 뒤에 탈 수 있도록 아버지가 조수석을 앞으로 접을 때 어머니가 우리 쪽으로 걸어오는 모습이 보였다. 어머니는 한쪽 무릎을 꿇고 앉아 두 팔을 활짝 벌렸다. 전속력으로 달려오라는 뜻이었다. 아버지는 뒷좌석에 타라고 계속해서 말했지만 나는 인도를 따라 달리기 시작했다. 스니커즈 밑창이 콘크리트를 박차고 나아갈수록 어머니의 미소와 반짝이는 눈과 모래색 머리칼이 더 가까워졌고 결국 우리는 쿵 부딪쳤다.

"너무 보고 싶었어요." 어머니의 목을 끌어안고 말했다. 어머니에게서 향수와 에어컨, 쇼핑몰 곳곳에 퍼져 있던 새것의 냄새가 났다.

"나 줄 거 있어요?" 내가 물었다. 어머니는 재회했다는 행복감을 느끼며 나를 좀더 껴안고 있다가 핸드백 안에 손을 집어넣었다. 어머니가 어떤 깜짝 선물을 준비했을지 너무나 궁금했다. 손을 다시 꺼냈을 때 어머니의 검지와 엄지 사이에 데이지 도넛이라고 쓰인 작고 하얀 종이 봉투가 걸려 있었다.

"잼 쿠키예요?" 내가 물었다.

"직접 확인하렴." 어머니가 웃는 얼굴로 말하

며 봉투를 건넸다. 봉투를 열자 안에 자그마한 쿠키 두 개가 들어 있었다. 가운데에 초콜릿 아이싱을 바르고 가장자리에 노란 스프링클을 뿌린 쿠키였다. 나는 하얀 봉투를 손안에 꼭 쥔 채로 어머니를 다시 껴안았다. 누나가 어머니와 포옹하려고 달려오는 동안 뒤를 돌아보니 아버지가 자동차 밖으로 나와 이 장면을 지켜보고 있었다. 어머니는 마침내 다시 일어서서 양손으로 나와 누나의 손을 잡고 차를 향해 걸었다. 어머니가 낀 결혼반지의 차가운 감촉이 느껴졌다. 어머니는 몇 번이고 사랑을 담아 내 손을 꼭 쥐었다.

"전부 다 말해줘요." 누나가 기대감에 부풀어 눈을 커다랗게 뜨고 졸랐다. "어떤 진상 손님이 왔는지, 어떤 선물을 포장했는지, 사람들이 얼마나 이상한 것들을 환불해달라고 했는지 전부 듣고 싶어요."

2. 미지의 낙원

인간의 풍경은 우리의 취향과 가치, 열망, 더 나아가 두려움까지도 손에 닿고 눈에 보이는 형태로 드러내는, 우리 자신도 인식하지 못한 우리의 자서전이다.

_퍼스 F. 루이스,『평범한 풍경의 해석』

지평선이 허물어지는 흑백의 풍경이 꼭 그림 같다. 1966년에 촬영된 이 사진은 마치 손으로 직접 그린 빛바랜 그림 앞에서 찍은 것 같다. 기업가들이 손에 행사용 삽을 들고 카메라를 바라보며 피츠버그 동부 교외의 눈 덮인 언덕 꼭대기에 일렬로 서 있다. 뒤로는 저멀리 나무가 우거진 산등성이와 거기 선 송전탑 두 개가 어렴풋이 보이고, 동

쪽으로 아득하게 펼쳐진 나무들 위로 전선이 검은
동맥처럼 길게 이어져 있다. 사진 밖으로는 가든
시티와 유니버시티 파크 같은 이름을 붙인 새 주
택단지 수십 곳이 한때는 소가 풀을 뜯었던 푸르
른 산 위에 점점이 흩어져 있고, 계곡 아래로는 북
적이는 4차선 고속도로가 도시부터 펜실베이니
아 턴파이크 고속도로의 요금소 너머까지 구불구
불 흘러간다.

사진 속 남자들—스리피스와 코트, 중절모, 검
은 안경을 걸쳤다—중 일부는 삽을 땅에 박아넣고
미소 띤 얼굴로 카메라를 향해 포즈를 취하고 있
다. 다른 사람들은 신호를 놓쳤는지 고개가 옆으
로 돌아가 있고 어색한 표정이 얼굴에 영원히 박
제되었다. 이 사람들은 유진 리보위츠와 그의 아

쇼핑몰

들 에드워드 루이스, 그의 사위 마크 메이슨, 그리고 해리 소퍼와 그의 아들 도널드로 모두 그 당시 돈-마크 리얼티라는 이름으로 알려진 토지 개발 회사의 파트너들이다. 이날은 기념할 만한 날이었다. 완공되면 전국에서 손꼽히는 크기의 쇼핑몰 중 한 곳이 될, 이층 규모의 밀폐형 쇼핑센터인 먼로빌 몰의 기공식이 열리는 날이었기 때문이다. 그러나 언덕 꼭대기에서 남자들이 막 갈아엎은 흙을 발에 묻히고 나란히 서 있던 바로 그 겨울날, 그들의 존재는 1940년대 말 이후로 전국의 도시에서 벌어지고 있던 대대적인 문화의 변화를 반영하고 있었다.

클리블랜드나 시카고, 오클랜드, 디트로이트, 그리고 피츠버그에 살던 사람들, 그중에서도 특히 백인들은 불안정한 도시에서 벗어나 두번째 기회를 잡으러 교외로 떠나고 있었다. 범죄와 마약, 부동산 가치 하락은 이제 안녕이었다. 공교육의 실패도, 낯선 피부색을 가진 이웃도, 미래에 대한 두려움도 안녕이었다. 빈민가와 잡초처럼 끈질기게 퍼지는 도시의 황폐 구역, 점점 다가오는 빈곤의 위협에서 벗어나 처음부터 다시 시작하는 것이 이들의 계획이었다. 미래와 달 탐사선 로켓 발사에 집착하는 세대, 낡은 습관과 오래된 문제, 낙후된 장소와 안전하게 거리를 두고 새로운 현실을 구축할 생각뿐인 세대의 새 출발이었다.

1960년대 중반부터 후반 사이의 피츠버그만큼 도시 재개발과 교외화 현상이 명백히 드러나고 면밀히 검토된 곳은 미국 전역에 없었다. 제2차세계대전 이후 시작되어 1970년대 초반까지 이어진 야심 찬 재개발 프로젝트였던 르네상스 I은 피츠버그를 철강 생산으로 유명하고 매연이 가득한 산업 중심지에서 미래를 준비하는 현대적 메트로폴리스로 탈바꿈하기 시작했다. 리처드 킹 멜런, 데이비드 L. 로런스 시장, 앨러게니 경제개발 회의,

도시재개발청(URA)이 앞장서서 이뤄낸 도시 전체의 대변동은 로버트 모지스와 루이스 멈퍼드, 제인 제이컵스 같은 전문가들의 조언과 관심, 비평을 끌어모으며 전 국민의 관심을 피츠버그에 집중시켰다. 심지어 이 도시의 역사적 변화를 기록하는 것이 유명 편집자이자 사진작가인 스테펀 로랜트의 10년에 걸친 프로젝트가 되기도 했다. 그의 방대한 저서『피츠버그: 미국의 한 도시 이야기』는 그의 커리어 후반부를 정의했고 피츠버그를 전 국민에게 알리는 데 일조했다.[1] 그러나 1960년대 말까지 재개발이 이어지고 도시재개발청이 인구 감소를 억제하고자 이스트 리버티 같은 지역의 재건을 추진하는 동안에도 교외화는 이미 진행되고 있었다.

도시재개발청의 전 청장 로버트 피즈는 "사람들은 무언가 새로운 것을 원했다. 새집이나 새 도로, 새 놀이터, 새 학교를 원했고, 그 모든 것이 교외에 있었다"라고 말했다. "가격도 적당해서 연방주택관리국(FHA)을 통해 돈을 빌리면 집을 살 수 있었다. 사람들은 새로운 것을 찾아 교외로 이

주했지만, 교외에 살면서 도시에서 일한다는 것이 어떤 의미인지는 누구도 깊이 고려하지 않은 것 같다."[2]

피츠버그 도심에 살던 주민들이 일제히 교외로 이동하면서 한때 시골 마을이었던 먼로빌은 1950년에 8천 명이었던 인구가 1976년에는 3만 3천 명까지 증가했다.[3] 그렇게 토지는 중산층 가구가 구매해서 집을 지을 수 있는 작은 땅으로 쪼개졌고, 토지 개발업자는 왕이 되었다. 전후 곳곳에서 공황 상태가 발생해 풍경이 극적으로 변하고 있었고, 1970년 무렵에는 그러한 공포가 주류의 의식까지 스며들어 가수 B. J. 토머스도 백인 이주 현상을 노래한 달콤한 곡에서 왜 갑자기 자기만 홀로 도시에 남게 되었는지 의아해했다. "사람들은 어디로 갔을까 / 아무도 이곳에 없는 것 같아 / 창문 밖을 바라보니 / 집들이 텅 비었네 / 이봐, 전부 마을을 떠났어 / 여기엔 나뿐인 것 같아."[4]

물론 토머스는 혼자가 아니었다. 교외로 이주할 여력이 없는 소수자와 저소득층 같은 수많은 사람들도 도시에 남겨지고 있었다. 피츠버그의 경우 도시 재개발로 전국에서 인지도가 크게 높아졌지만 그 결과 수세대의 가족이 자기집에서 쫓겨나기도 했다. 예를 들어 로어 힐 지구는 한때 아프리카계 미국인—그리고 이탈리아인과 유대인 이민자들—이 모여서 거주하는 풍성한 다문화 공동체였지만 시빅 아레나 실내경기장 건설을 위해 싹 철거되었다. 이 재개발사업으로 이탈리아인과 유대인 이민자들은 블룸필드나 스쿼럴 힐 같은 인근 지역으로 이주해 지금까지 남아 있는 강력한 민족 공동체를 형성했다. 그러나 아프리카계 미국인들은 이스트 리버티나 홈우드처럼 백인 가구들이 점점 집을 내놓던 도심 지역이나 브래덕과 랭킨 같은 외곽 자치구로 뿔뿔이 흩어졌다. 교외에서 더 나은 내일을 꿈꾸자는 미국의 전후 계획은 일부

인종과 계급에게만 허락되는 열망이었다.

물론 쇼핑몰은 소비자와 그들의 돈을 중심가와 소도시의 사업체에서 도시 경계 바로 바깥에 세워진 수정궁으로 끌어옴으로써 도시 공동화에 일조했다. 1960년대 초반, 전국 대다수의 도시와 마찬가지로 피츠버그도 도시 경계 너머에 여러 쇼핑몰이 들어섰다. 도시의 북쪽과 남쪽 교외에는 노스웨이 몰(1962)과 사우스 힐스 빌리지(1965)가, 노스 사이드에는 앨러게니 센터 몰(1965)이, 그 근처의 웨스트모어랜드 카운티에는 그린게이트 몰(1965)이 세워졌다. 고객들만 중심가를 떠난 것은 아니었다. 변화를 받아들인 일부 상점주는 오래전부터 운영해온 가게의 문을 닫고 쇼핑몰의 내부 공간을 임대해 새 매장을 열었고, 일부 상점주는 매출 감소를 시대의 변화로 이해하고 아예 사업을 접었다. 당시 피츠버그대학교의 마케팅 교수 댄 스미스는 쇼핑몰이 전통적인 소매업에 미친 영향과 관련해 마치 "도시 바깥에 자석 네 개를 놓고 안에 있는 사람들을 빨아들이는 것 같았다"고 말했다.[5]

여러모로, 쇼핑몰을 논하면서 쇼핑몰이 미국 교외 개발에 미친 영향력을 언급하지 않을 수는 없다. 처음부터 이 둘은 닫힌 순환 경제 안에 속했다. 교외 주택단지에 사는 사람은 쇼핑몰에서 쇼핑했다. 쇼핑몰에서 쇼핑하는 사람은 교외 주택단지에 살았다. 많은 주택단지가 쇼핑몰과 별개로 먼저 개발되었지만 여러 교외 소도시에서 쇼핑몰은 그런 주택단지 개발에 대응해서 생겨났다. 먼로빌의 경우 교외로 이주한 가구들은 턴파이크 가든이나 가든 시티 같은 곳에 집을 지었는데, 이 단지들이 과시한 동네와 주택 유형은 제2차세계대전 이후 수많은 미국인이 갈망하던 목가적인 교외 생활을 약속했다.

"1955년 4월, 1954년의 미시즈 아메리카 완다

제닝스가 완벽하게 계획된 공동체 생활을 제공하는 최신 주택단지—펜실베이니아 먼로빌의 가든 시티 개장식에 참석해 손님을 맞이했습니다."

가든 시티 홍보 책자는 자랑스레 뽐냈다. "242만 8,113제곱미터 규모의 주택단지 일부는 먼로빌 중심부 근처에 있는 그레이엄가 소유의 농지에 지어집니다. 샘프슨–밀러 관계회사가 설계하고 건설하는 이 단지는 침실 서너 개짜리 주택 1,500채를 저렴한 가격에 제공할 예정입니다."[6]

먼로빌 몰이 착공되기 1년 전, 똑같은 개발업자들이 피츠버그 최초의 밀폐형 쇼핑몰 중 하나이자 당시 뉴욕과 시카고 사이에서 가장 큰 쇼핑몰이었던 사우스 힐스 빌리지를 개장했다. 리본 커팅식에서 펜실베이니아주의 상무 장관이었던 존 K. 타버가 천 개의 일자리 창출에 찬사를 보낸 뒤 "크리스마스 수준에 필적하는 인파"가 쇼핑몰 안으로 밀려들었다. 사우스 힐스 빌리지는 소매업의 미래를 껴안으려는 피츠버그의 의지를 보여주는 지표였던 동시에 타버가 강조했듯, "점점 성장중인 피츠버그의 건강한 산업 기반"이 그러한 사업의 기틀을 어떻게 마련했는지 드러내는 핵심 사례이기도 했다.[7] 즉, 철강 생산과 제조업의 힘으로 피츠버그에 쇼핑몰이 들어선 덕분에 수많은 블루칼라 노동자가 공장에서 힘들게 번 돈을 쓸 만한 반짝이는 새 장소가 생겼다는 뜻이었다.

사우스 힐스 빌리지의 성공으로 개발업자들이 규모와 범위가 훨씬 원대한 새 쇼핑센터인 먼로빌 몰을 지을 발판이 마련되었다. 이것이 바로 1966년의 사진 속 남자들이 대부분 웃고 있는 이유다. 쇼핑몰의 가능성은 이미 확인되었고, 그들은 그 미래가 얼마나 짭짤할지 잘 알았다. 그러나 착공은 새로운 시작을 보여줄 뿐만 아니라 과거의 끝을 나타내기도 한다.

먼로빌에서 중대한 것은 농업이었다. 1950년

대와 1960년대의 교외화현상에 밀려 결국 통째로
사라진 다른 수많은 시골 마을과 마찬가지로, 이
곳에서도 땅은 오랫동안 가장 소중한 재화였다.
1950년대 초반까지 패튼 타운십이라는 이름으로
알려진 이곳이 외딴 시골 마을이었을 때는 농장이
언덕과 골짜기 위에 흩어져 있었지만, 얼마 지나
지 않아 탄광 마을로 널리 알려지면서 이곳의 풍
부한 탄층에서 석탄을 최대한 많이 채굴하려는 기
업들이 일제히 몰려들기 시작했다. 또한 펜-링컨
파크웨이와 펜실베이니아 턴파이크 고속도로가
건설되면서 먼로빌은 동부로 이어지는 관문으로
급부상했다. 거의 하룻밤 사이에 고속도로 주변
을 따라 모텔과 라운지, 나이트클럽, 레스토랑, 자
동차 대리점, 할인점이 생겨나면서 조용했던 마

을은 순식간에 교외 생활의 혜택을 편안하게 누릴 수 있는 곳이 되었다. 이러한 확장이 어찌나 빠르고 큰 수익을 안겼는지 마피아조차 감명받을 정도였다. 피츠버그 패밀리의 보스였던 마이클 제노비스는 피닉스 모텔과 톨게이트 모텔을 지어 돈세탁에 활용했다.[8]

개발업자들이 원래 석탄 회사 토머스 하퍼 소유의 노천광이 있던 113만 3,120제곱미터의 땅에 쇼핑몰을 짓겠다고 했을 때 피츠버그 동부 교외에 사는 주민들은 의심스러워했다. 사람들이 언덕 꼭대기에 숨은 쇼핑센터를 찾아오려고 교통량이 많은 22번 국도에서 빠져나오려 할까? 새 쇼핑몰은 불과 4킬로미터도 떨어지지 않은 미라클 마일 쇼핑센터나 일렉트릭 밸리 근처에 있는 이스트랜드 몰과 어떻게 다를까?

이렇게 거대한 소매상업 시설에 대한 참고 사례도 거의 없었다. 쇼핑몰은 전국에서 서서히 관심을 끌고 있던 비교적 새로운 콘셉트였다. 미국 최초의 밀폐형 쇼핑몰이었던 미네소타 이다이나의 사우스데일 센터가 문을 연 것이 겨우 10년 전의 일이었다. 그때 이후로 쇼핑몰이 미국 전역의 크고 작은 도시 수십 곳에서 문을 열기 시작했다. 뉴저지 파라무스에는 웨스트필드 가든 스테이트 플라자(1957)가, 애리조나 피닉스에는 메리베일 쇼핑 시티(1959)가, 캘리포니아 토런스에는 델 아모 패션 센터(1961)가 들어섰다.

거대한 쇼핑센터들은 갈수록 교외화되는 미국의 극단적 사고방식에 부합하는 새로운 생활방식을 전시하고 조장했다. 또한 이 쇼핑몰들은 도시 상점가의 기이한 복사판이면서도 규모가 너무 방대해서 도시 상점가의 흔적을 거의 찾아볼 수 없었다. 작가 윌리엄 세베리니 코윈스키는 쇼핑몰을 "우주선 내부의 중심가"로 묘사했다.[9]

상점과 서비스, 식사, 여가 등 모든 것을 한 지붕

아래 모아놓은 쇼핑몰의 편리함은 아찔할 만큼 매력적이었다. 먼로빌 몰의 초기 광고는 이곳이 "게으른 쇼핑객을 위한 장소"이며 고객들이 "이 안에서는 어디로든 오 분 내에" 이동할 수 있다고 자랑스레 뽐냈다.[10]

교외화와 쇼핑몰의 등장으로 게으름을 미덕으로 받들고 편리함을 개인의 자주성보다 중시하는 새로운 신념 체계가 도입된 것만 같았다. 이러한 현상은 1950년대 미국에 만연했던 전후 낙관주의에서 뚜렷하게 멀어진 것이었다. 1954년에는 10억 달러 규모의 산업이었던 DIY 운동이 젊은 집주인들에게 전동공구를 사서 직접 자신의 미래를 지으라고 촉구했던 것처럼, 쇼핑몰은 소비자에게 자신의 책임을 회피하고 냉난방 장치가 설치된 실내의 지상낙원으로 떠나 그저 편안하게 존재하라고 간청하다시피 했다. 소비자들은 순식간에 적극적인 참여자에서 수동적인 방관자로 변신했다. 이와는 대조적으로 매디슨 애비뉴의 광고업자들은 유창한 언변으로 광고 폭격을 쏟아내며 점점 야망을 키워갔고, 날이 갈수록 소비자를 영리한 캐치

프레이즈와 로고 송을 빨아들이는 것밖엔 할 줄
모르는 스펀지로 취급했다.

먼로빌 몰 개장식 하루 전날 발행된 〈피츠버그
프레스〉에는 크기가 작은 신문에 가까운 먼로빌
몰의 특별 광고 부록이 실려 있었는데, 마케터들
은 그 부록의 카피에서 감정을 한껏 고조시켰다.

"모두의 손이 내일 예정된 개장식을 가리키고
있습니다… 먼로빌 몰이 최초로 문을 여는 날이지
요!" 이 광고는 125개 매장과 "방대한 양의 고품
질 상품"을 자랑스레 내세우며 최면을 걸듯 "이
제 몇 시간 남지 않았습니다"라는 문구를 후렴처
럼 반복했다. 국제 시계—로스앤젤레스에서 활동
하는 디자이너 기어 캐버노가 만든 10미터 높이
의 12만 5,000달러짜리 시계탑—의 그래픽 실루

엇이 실린 이 광고는 먼로빌 몰에 특별한 공간이 있다는 점도 언급했다. "이제 몇 시간 남지 않았습니다… 쇼핑몰 안에 우뚝 솟아오른 특별한 시계탑에서는 정각마다 실물 크기의 움직이는 인형들이 튀어나와 즐거움을 선사할 예정이며… 더불어 또 하나의 새로운 매력이 있으니… 록펠러 센터보다 큰 규모의 실내 아이스링크에서 연중 스케이트를 즐겨보세요."[11] 전천후의 상업 오아시스를 표방하는 먼로빌 몰의 매력을 가장 잘 보여주는 것은 아마 "일 년 열두 달 실내 온도가 조절되는 사실상 한 지붕 밑의 전 전화 도시"라는 광고 문구일 것이다.

먼로빌 몰은 이처럼 세속적인 즐거움을 제공하는 한편 쇼핑객의 영적인 필요까지 충족하고자 했다. 먼로빌 몰 목회의 설립자인 윌리엄 M. 폴 목사는 "먼로빌 몰은 공동체 생활의 중심이므로 반드시 교회가 있어야 합니다"라고 말했다. "먼로빌 몰 목회는 사람들이 있는 곳으로 교회가 직접 찾아가서 필요를 채워주는 현대적 사례입니다." 당시 존 리틀이 〈포스트가제트〉에 썼듯이, "목회의 목표는 매주 이곳에서 쇼핑하는 약 25만 명의 사람들을 도와 인간의 의복에서 인간의 영혼에 이르는 다양한 문제를 해결하는 것"이었다.[12] 먼로빌 몰은 모든 세부 사항을 남김없이 고려한 듯 보였다.

먼로빌 몰이 문을 연 1969년 5월 13일, 수천 명이 고대하던 장관을 구경하러 몰려들었다. 몇 주 전부터 텔레비전과 신문에서 이날을 홍보했고, 개발업자들은 피츠버그 동부 교외에 드디어 "본격적인 쇼핑 경험"이 당도했다고 선언했다.[13]

"도착했습니다… 아름답고 새로운 먼로빌 몰이… 대형 백화점의 장점만을 모아 여러분께 제공합니다… 여러분 모두에게 황홀감과 기쁨을 선사하고… 호기심과 흥분을 자아낼 만반의 준비를 마쳤습니다. 극적이고 세련미 넘치며 강렬한… 개성 있는 복합 쇼핑몰을 소개합니다…"[14]

5월의 그날 아침, 지역 유명 인사와 정치인, 경영진이 리본 커팅식을 하러 쇼핑몰 내부에 있는 아이스링크 한가운데에 모였다. 어린이 텔레비전 프로그램 〈사파리〉 속의 오리 캐릭터 윌리의 목소리를 연기해 유명했던 지역 방송국 WQED의 돈 리그스가 행사 진행을 맡았다. 아이스 스케이팅 공연이 행사의 시작을 알렸고 먼로빌 몰의 개발 업체였던 돈-마크 리얼티의 직원을 비롯한 초청 연사가 소개되었다. 에드워드 J. 루이스와 돈 소퍼, 마크 E. 메이슨, 해리 소퍼, 유진 리보위츠 등 1966년에 찍은 흑백사진 속에서 행사용 삽을 들고 있던 남자들도 전부 참석했다. 그들 옆에는 카운티 위원 레너드 C. 스테이시와 조지프 혼 백화점의 사장 리처드 R. 피비로토, 김벨스 사장 허버트 A. 리즈, 먼로빌 시장 존 J. 덩컨이 서 있었다.

귀빈 발언이 끝나자 게이트웨이고등학교 악단이 연주를 시작했다. 시장과 개발업자, 경영진이 아이스링크를 빠져나왔고, 기대감에 부푼 쇼핑객이 반짝이는 중앙 통로와 공용 공간으로 밀려드는 동안 악단의 연주가 그 뒤를 따랐다. 트럼펫과 트롬본, 클라리넷 소리가 쇼핑몰 전체에 울려퍼졌다. 작은북과 큰북 소리가 대리석 바닥에 둥둥 반사되었다. 채광창으로 환한 햇살이 흘러드는 산책로는 백색소음과 호기심 넘치는 사람들의 대화 소리로 가득했다. 방문객들은 우거진 열대식물과 분수, 우아한 상점들 사이에 서서 새로운 쇼핑몰이 내놓은 이 모든 것에 정신을 완전히 빼앗겼다.

3. 사이 공간

어머니가 부엌에서 통화를 마무리하며 내게 나가라고 손짓했다. 어머니의 고개는 옆으로 꺾여 있었고 어깨와 귀 사이에는 수화기가 걸려 있었다. 어머니는 집 앞에 주차된 파이어버드 열쇠를 찾고 있었지만 열쇠는 좀처럼 나타나지 않았다. 해야 할 일이 있으니 곧 다 같이 쇼핑몰에 가야 한다고 어머니가 말했다. 측면 현관으로 나가자 방충 문이 나무틀에 덜커덕 부딪치는 소리가 났고, 나는 계단 몇 칸을 재빨리 달음질쳐 내려가 붉은 벽돌로 지은 우리집 옆을 지나 앞마당으로 달렸다.

늦은 오후였고 여름 공기에서 인동초와 막 깎은 잔디를 섞은 듯한 달콤한 냄새가 났다. 때는 1986년이었고 나는 아홉 살이었다. 티셔츠와 반

바지, 스니커즈 차림으로 몇 년 전 아버지와 할아버지가 석재를 깔아서 만든 야외 테라스 위를 가로질러 전력 질주했다. 보지 않아도 눈에 선한 똑같은 그 길 위를 나는 수천 번 오갔다. 먼저 폐 안을 가득 채우는 신선한 공기를 느끼며 소나무 밑을 달렸다. 나무에는 술집 문 같은 입구가 달린 새집이 1년 내내 걸려 있었고, 봄철에 태어난 아기 새들은 이미 다 자라서 떠나고 없었다. 가벼운 콘크리트 블록을 쌓아 만든 앞쪽 현관을 지나면 방향을 꺾어 우리집과 옆집 사이의 어두운 그늘 속으로 숨어들었다. 장난감을 가지고 놀기에는 이제 너무 컸다고 생각하면서도 여전히 가끔 장난감 자동차를 가지고 놀았던 좁고 긴 흙길 위에서 다시 유턴했다. 나는 두 집 사이의 틈새 공간에서 출발해서 경사가 가파른 앞마당 가장자리에 둘러진 허리 높이의 울타리 위를 손으로 탁탁 때리며 다시 우리 집 야외 테라스를 향해 질주했다. 마치 이층 높이의 절벽 옆을 달리는 것 같은 느낌이었다.

"이제 곧 나갈 거야." 어머니가 집안에서 누나에게 외치는 소리가 들렸다. 누나는 거실에 있는 파란 꽃무늬 소파에 앉아 책을 읽고 있었다. 나는 열심히 달리면서 쇼핑몰에 가면 무얼 할지 생각했다. 금붕어 연못에 동전을 던지고, 열대 정원 속으로 사라지는 징검다리 위를 걷고, 오락실에서 비디오게임을 하게 해달라고 엄마한테 졸라야지.

숨이 차서 달리기를 멈추고 우리 동네를 바라보았다. 우리집은 윌킨스버그의 프랭클린 애비뉴와 프린스턴대로가 교차하는 지점에 자리한 언덕 꼭대기에 있었다. 나는 종종 우리집이 감시탑이라고 상상했다. 이곳에서는 동네에 드나드는 모든 사람과 우리 동네를 지나 다른 곳으로 향하는 자동차를 지켜볼 수 있었다. 낯선 사람들이 어디로 가는 중이든, 나는 그곳이 우리 동네보다 더 중요하고 이색적일 거라고 생각했다. 지루함은 종종 고통스러웠기에, 그런 식으로 다른 곳에서는 언제나 더 흥미로운 일이 펼쳐지고 있으리라 믿었다. 그러나 내게는 지루함의 치료제, 증강 현실로 가는 여러 방법이 있었다.

고개를 왼쪽에서 오른쪽으로 빠르게 돌리면 프린스턴 파크 전체가 어지럽고 흐릿하게 눈에 들어왔다. 9개월마다 아기가 태어나서 우리 부모님이 토끼 우리라고 불렀던 연립주택 단지부터 길 반대쪽 끝에 있는 그린 힐까지, 우리집으로부터 두 집 건너에 있던 빈집과 거기서 다시 두 집을 더 지나 있던 케니 데니의 흰색 밴부터 브렌다와 데릭네 집에 있는 아찔할 만큼 가파른 계단과 모퉁이 뒤로 사라지는 무너진 보도까지 전부. 한자리에 가만히 서서 온 풍경을 동시에 보는 것, 동네 전체가 벽돌과 잔디와 울타리와 자동차가 뒤섞인 팔레트로 압축되는 것은 내가 손수 만들어낸 희열이었다.

눈구멍 깊숙이 묻어둔 초능력을 소환하고 싶으면 머릿속의 새카만 암흑 위로 새하얀 번개가 번쩍일 때까지 눈을 최대한 힘껏 감았다. 그러다 다시 눈을 뜨면 프랭클린 애비뉴에 뇌우가 몰아치고 부모님이 평소 차를 주차하는 프린스턴대로에 거미줄이 덮였다. 그러나 아버지가 동료에게 겨우 100달러를 주고 산 담녹색 카마로는 그날 오후 그자리에 없었다. 텅 빈 아스팔트 위로 기름 자국이 보였고 나는 아버지가 퇴근할 때까지 몇 시간이 남았는지 세보았다. 아버지와 캐치볼을 하고 싶었고, 물려받은 데니 맥레인 글러브 안으로 들어오는 야구공의 무게를 느끼고 싶었다.

"이제 나가자." 어머니가 말하며 등뒤로 현관문을 닫았고, 내게 따라오라며 손짓했다. 쇼핑몰과 G. C. 머피 잡화점 내의 장난감 코너를 떠올리자 순간 기쁨이 밀려들었다. 바로 뒤따라온 누나와 함께 우리는 가파르고 울퉁불퉁한 계단을 걸어

내려가기 시작했다. 집 아래쪽 길까지 이어지는 계단 왼쪽에는 배관으로 만든 난간이 있었다. 콘크리트를 부어서 만든 그 계단은 해가 가면서 점점 무너져내렸다. 가족 모두가 한 번씩은 그 계단에서 죽을 뻔한 적이 있었다. 나의 경우 장난감 소방차에 타고 있는 나를 누나가 계단 끝에서 실수로 밀어버려서였다. 다행히도 앞바퀴가 미끄러지는 순간 옆집 이웃이 소방차 뒷부분을 붙잡았다. 그러지 않았더라면 두개골이 깨졌거나 팔이 부러졌거나 계단 아래 보도에 내동댕이쳐졌을지 모른다. 그랬다면 아마 누나는 고생깨나 했을 것이다.

"조수석은 내 자리!" 계단 맨 밑에서 외친 누나가 냉큼 어머니의 부조종사 자리를 차지했다. 누나는 바깥 활동, 그중에서도 특히 쇼핑몰 나들이에 관해서는 언제나 나보다 더 재빨랐다. 내가 그 사실을 떠올릴 때쯤에는 보통 이미 늦은 후였지만, 나는 뒷좌석에 타도 괜찮았다. 어머니의 파이어버드를 타는 것만으로도 마치 우주선에 올라타는 것처럼 충분히 즐거웠다. 어디에 앉는지는 중요하지 않았다. 누나가 조수석 의자를 접으면 나는 뒷좌석에 뛰어들어 검은색 가죽 시트 위로 몸을 푹 기댔고, 누나는 등뒤로 무거운 문을 쾅 닫았다.

"아들, 괜찮지?" 어머니가 운전대 앞에 앉으며 물었다. 열쇠가 꽂혀 있다는 알림음이 삑삑 울렸다. 백미러로 어머니와 나의 눈이 마주쳤고 어머니는 싱긋 웃어주었다. 어머니의 이런 작은 표현은 언제나 내 마음을 벅차게 했다. 어머니가 운전석 문을 닫고 시동을 걸었고, 즉시 엔진이 부릉거리며 되살아났다.

부모님은 중고 물품 광고지인 〈페니세이버〉에서 파이어버드를 발견했다. 이 차를 픽업하러 시골로 나갔던 밤이 기억난다. 나는 가톨릭학교 교복인 카키색 바지와 옥스퍼드 셔츠를 입은 채였는데, 온종일 교실에 앉아 있던 터라 옷이 잔뜩 주름져 있었다. 차를 타고 한참을 달리다보니 아무도 살지 않는 외딴 벽지 같은 곳이 나타났다. 구불구불한 길과 가드레일이 끝없이 이어지는 탁 트인 풍경을 지나 우리는 마침내 목적지에 도착했다. 나는 그 파이어버드를 보자마자 사랑에 빠졌다. 군데군데 은색과 금색이 섞인 선명한 녹색 페인트가 저물어가는 햇살 속에 희미하게 빛났다. 파이어버드는 뒷부분이 머슬카처럼 위로 들려 있었고, 커다란 뒷바퀴 타이어는 주말마다 아버지와 텔레비전으로 관람한 NHRA 경주 레이서 돈 갈리츠의 드랙스터 타이어와 똑같았다. 이 차가 우리의 차가 된다는 사실을 믿을 수 없었다. 바퀴가 헐거워지고 페인트가 벗겨질 때까지 가지고 놀곤 했

쇼핑몰

던 핫휠 자동차 장난감과 생김새가 똑같았다. 나는 우리 가족이 이 차를 영원히 가지고 있을 거라고, 어머니가 누나에게 물려주고 누나는 다시 나에게 물려줄 거라고 생각했다. 그러나 시골에서 차를 산 그날 밤, 처음으로 운전대 앞에 앉아 잔뜩 신이 난 어머니는 차를 타고 놀러갈 곳을 잔뜩 떠올리고 있었다.

프랭클린 애비뉴를 따라 존스턴초등학교 앞의 신호등까지 달리는 동안 파이어버드는 마치 후드 밑의 엔진이 헐거워진 것처럼 덜커덩거렸다. 이 차는 강력하면서도 섬세했는데, 그 말은 신호등이 초록불로 바뀌면 로켓처럼 도로를 질주할 수도 있고 털털거리며 대로에 진입하려다 결국 시동이 꺼질 수도 있다는 뜻이었다. 예측은 불가능했다. 그런 면에서 변덕스러웠다. 초록불이 되자 차는 즉시 굉음을 내며 아드모어대로로 달렸다. 창문을 내리니 따뜻한 여름 공기가 밀려들었고, 우리는 왼쪽으로 자동차 정비소와 농산물 시장을 지나 텍사코 주유소와 포드 대리점 근처에 있는 교차로로 향했다. 그곳에 위치한 파크웨이 이스트 고속도

로의 진입로가 바로 먼로빌 몰로 이어지는 우리의
고속 포털이었다.

신호등이 노란불로 바뀌고 서서히 앞에 차들이
쌓이자 속도를 줄여 누나 친구 지나가 사는 집 옆
을 천천히 지나쳤다. 학기 중에 가끔 부모님이 두
분 다 일찍 출근해서 우리를 세인트제임스초등학
교까지 데려다줄 수 없는 날이면 지나의 어머니가
아침에 우리를 돌봐주었다. 그런 날은 우리의 평
범한 일상에서 벗어나는 반가운 일탈이었다. 우리
는 지프 땅콩버터를 듬뿍 바른 에고 와플을 먹고
집에서 출발할 때까지 만화를 봤다. 나는 늘 지나
의 오빠인 조와 대화를 나누었다. 조는 오클랜드
에 있는 센트럴가톨릭고등학교에 다녔고 브레이
크댄스를 좋아했다. 방에는 가수 런 디엠시의 포

스터가 붙어 있었고 농담을 자주 했는데, 나는 웃기긴 했지만 그 농담을 매번 다 이해하지는 못했다. 나갈 시간이 되면 우리는 모두 지나네 가족이 모는 스테이션왜건에 낑겨 타고 학교로 향했다.

빨간불이 되자 어머니는 계기판에 있는 시거잭을 누르고 뜨거워지기를 기다렸다. 그리고 누나의 발치로 몸을 기울여 핸드백 안에 든 바이스로이를 꺼냈다. 시거잭이 튀어나오기를 기다리는 것은 전자레인지의 땡 소리를 기다리는 것과 비슷했다. 나는 빨갛게 달아오른 코일에 언제나 마음을 빼앗겼다. 만지면 얼마나 뜨거울지, 피부에 어떤 흔적을 남길지 궁금했다. 시거잭이 튀어나오자 어머니는 붉은 주황색 코일에 담배 끝을 갖다대고 한 모금 빨았다. 몇 초 뒤 어머니의 콧구멍에서 푸르스름한 연기가 피어올랐고, 어머니는 시거잭을 다시 제자리에 끼웠다.

"저기 봐." 어머니가 말했다. "우리 친구다." 어머니가 주유해주는 긴 백발의 덩치 큰 남자를 가리켰다. 부모님은 우리 삶에 자주 등장하는 인물을 가리킬 때 종종 "우리 친구"라는 표현을 썼다.

그 사람은 존스턴초등학교 앞의 건널목을 담당하는 엄격한 안전요원일 때도 있고, 단정치 못한 대학교수처럼 생긴 턴파이크 고속도로 옆의 걸인일 때도 있고, 우리의 괴짜 입시 교사인 버튼홀 씨일 때도 있었다. 이 사람들을 우리 삶과 느슨하게 연결된 조연 배우로 상상하는 것은 재미있는 일이었다. 이것이 바로 우리가 주변 세상을 해석해 우리만의 것으로 만드는 방식이었다. 텍사코 주유소에서 일하는 우리의 친구 옆을 지나칠 때마다 우리는 그의 바지가 흘러내려서 창백하고 부숭부숭한 엉덩이가 주위 모든 사람에게 노출된 것을 목격하곤 했다. 몇 년이 흐르면서 친구는 그 교차로에서 유명세를 얻었고, 자신이 의도치 않게 엉덩이를 보여준 운전자와 행인에게 경적을 비롯한 다채로운 반응을 이끌어냈다.

초록불로 바뀌자 어머니가 액셀을 밟았고 파이어버드는 급가속하며 앞으로 튀어 나갔다. 우리는 '먼로빌'이라고 쓰인 초록색 고속도로 표지판 아래를 지나며 파크웨이 고속도로의 진입로를 향해 서서히 속도를 높였고, 우리 앞의 도로는 왼쪽으로 급격히 휘어졌다. 고가도로에 올라 반대 차선 위를 건넌 뒤 차 양쪽으로 나무가 우거진 언덕이 있어서 마치 지붕 없는 터널처럼 보이는 도로에 진입했다. 짧게나마 외딴 숲속을 달리는 듯한 기분이 들었다. 언덕 위에 가정집이 흩어져 있지도 않았고, 주유소나 패스트푸드점이 경치를 해치지도 않았다. 나는 종종 그 언덕 꼭대기에서 사는 삶을 상상했다. 나무 사이에 폐목재로 작은 집을 짓는 것이다. 이곳에선 방해받지 않고 살 수 있을까? 나는 궁금했다. 내가 이곳에 산다는 걸 아무도 모를까?

파이어버드 양쪽의 언덕이 물러나고 전방의 도로가 일자로 곧게 펼쳐졌다. 운전석 창문 너머로 혼잡한 고속도로가 보였다. 자동차와 트럭, 오토바이가 끝없이 이어지며 옆을 지나갔다. 멀리서 보면 전부 가짜 같아서 플라스틱 트랙 위를 달리는 장난감 경주용 자동차가 생각났다. 어떤 차들은 시내가 있는 남서쪽으로 향했고, 어떤 차들은 해리스버그나 필라델피아, 혹은 그 너머에 있는 목적지를 향해 동쪽에 있는 턴파이크 고속도로로 달렸다. 나는 창밖을 바라보며 어머니가 파이어버드를 주차하는 김벨스 백화점 앞 주차장을 떠올렸다. 어머니가 김벨스에서 일한 지도 몇 년이 지났지만 김벨스의 유리문을 통과해 쇼핑몰로 들어가는 것은 여전히 하나의 의식과도 같았다. 세인트 제임스초등학교의 교실이나 윌킨스버그에 있는 고요한 우리집 외에 먼로빌 몰도 언제나 내게 편안함을 안겨주는 익숙한 장소였다.

고속도로로 합류하기 전에 나는 우리가 별과 성운으로 둘러싸인 먼 우주 속에 있다고, 이색적인 세상으로 향하는 은하계 여행자들의 일원이라고 상상했다. 내 머릿속에서 우리의 파이어버드는 우주선 밀레니엄 팔콘이었고, 진입로는 하이퍼스페이스*였다. 고속도로에 진입할 때 나는 어머니가 기어를 앞으로 밀어 하이퍼드라이브를 작동시키고 우리가 눈 깜짝할 사이에 사라져 우리 뒤에 남은 별 무리가 천천히 시계 방향으로 돌면서 보이지 않는 오케스트라의 음악소리가 점점 커지는 장면을 상상했다.

---

* 영화 〈스타워즈〉에 등장하는 초공간. 우주선이 하이퍼 드라이브를 작동해 이 공간에 진입하면 광속보다 빠른 속도로 이동할 수 있다.

4. 쇼핑은 감정이다

1977년 11월, 영화감독 조지 A. 로메로가 배우 및 제작진과 함께 먼로빌 몰에 도착했다. 그 당시 호러 장르의 선구자로 자리매김한 젊은 감독이었던 로메로는 1968년 개봉한 고전 컬트영화 〈살아 있는 시체들의 밤〉의 속편 〈시체들의 새벽〉 촬영을 앞두고 있었다. 발을 질질 끌며 돌아다니는 로메로의 좀비들—이들은 언제나처럼 뇌와 내장, 실한 허벅지와 통통한 경정맥을 갈구했다—은 다시 한 번 풀려나 썩어버린 세상 앞에서 아무 준비도 못하고 갈팡질팡하는 인간들에게 달려들 예정이었다.

〈살아 있는 시체들의 밤〉에서 미국 시민권 운동 시대의 인종문제를 다루었던 로메로는 이번엔 미국 소비자의 부상이라는 새로운 사회적 딜레마를 비틀어 바라볼 계획이었다. 그리고 미국에서 급격히 확산되던 '쓰러질 때까지 쇼핑하라' 문화를 제대로 풍자하기 위해서는 그에 걸맞은 완벽한 배경이 필요했다.

로메로는 1997년에 진행한 BBC 인터뷰에서 "그때는 쇼핑몰에 가서 온종일 시간을 보내는 쇼핑몰 문화가 막 시작된 무렵이었습니다"라고 말했다. "쇼핑몰 안을 걸으면서, 그런 의례적이고 부자연스럽고 소모적인 경험을 하면서, 이곳에서는 우리가 정말로 좀비가 된다는 인상을 받았습니다. 우리를 안심시키는 음악이 흘러나오고… 그곳의 모든 것이 우리에게 최면을 거는 듯했죠. 쇼핑몰에는 진짜가 하나도 없는 것 같았습니다."[1] 로메로가 처음 먼로빌 몰을 찾았을 때 경험한 '최면에 걸린 듯한 느낌'은 오늘날 미국인의 정신에 깊이 스며들어 있다.

쇼핑몰을 자주 찾는 사람들이 입구에 들어서자 마자 이상할 만큼 강렬한 희열을 느끼는 것은 보통 익숙한 광경과 소리, 냄새 때문이다. 건축가와 도시계획가들은 이러한 감각을 미국 쇼핑몰의 선조인 빅터 그륀의 이름을 따서 그륀 전이, 또는 그륀 효과라고 지칭하기도 한다. 이 효과는 쇼핑객이 "매장의 주변 환경에 완전히 매료되어—무의식적으로 계속해서—쇼핑에 이끌리는" 현상을 의미한다.[2] 이 효과는 소비자를 어느 정도 혼란에 빠뜨리면서 발생하는데, 일단 쇼핑몰에 들어온 소비자는 자신이 애초에 이곳에 온 이유를 잊고 물건을 충동구매하기 쉬운 상태가 된다. 문화사학자 노먼 M. 클라인은 이 개념을 자세히 설명하면서 카지노와 비슷한 쇼핑몰의 미로 같은 설계가 "선택지는 무한하지만 출구는 없는 행복한 감금"의 느낌을 불러일으킬 수 있다고 말한다.[3]

행복은 우리가 쇼핑몰에서 하는 경험의 본질이다. 특정 물건을 소유하고 싶은 개인의 욕망 외에 행복감 역시 우리가 몇 번이고 쇼핑몰로 되돌아가는 이유다. 우리는 새로운 장소에서 새로운 행복을 느끼고 싶어할 뿐만 아니라 그 행복을 되찾아 재차 경험하며 우리의 추억을 물들이고 싶어한다. 〈시체들의 새벽〉의 촬영지를 찾아 먼로빌 몰을 처음 방문한 로메로가 최면 효과를 느낀 것은 우연이 아니었다. 향수鄕愁와 그리움은 모든 쇼핑몰의 DNA에 장착되어 있다. 이 감정은 쇼핑몰의 설계자가 직접 고안한 안전장치다.

잔도메니코 아멘돌라는 "그륀의 프로젝트는… 모두 똑같은 철학을 반영하며 동일한 특징을 보이는데, 믿을 수 있는 공동체에 대한 향수, 사람이 중심이었던 과거 유럽의 거리를 떠올리게 하는 건축 형태가 바로 그 내용이다"라고 말했다. "그륀이 세운 전략의 토대에는 안전하게 느껴지는 세상을 향한 그리움이 있다. 지방 소도시나 유럽의 역사적 도시에서 찾을 수 있는 공동체 및 일상생활에 디즈니랜드 중심가 같은 요소를 더한 것이 이 전략의 핵심 모델이다. 역사와 대중매체의 고정관념이 자아낸 향수는 강력하면서도 효과적인 전략인 것으로 드러났다."[4]

탁 트인 실내 정원에서 뛰노는 어린아이와 푸드코트에서 여자애들에게 알짱대는 십대 소년부터 여름의 열기를 피하려는 어른과 이른아침에 운동할 곳을 찾으려는 퇴직자에 이르기까지, 많은 세대가 사적이고 상당히 감정적인 경험을 통해 쇼핑몰을 접한다. 미국의 쇼핑몰은 그륀의 상상처럼 활기 넘치는 마을 중심지—상점과 병원, 주거 시설과 오락 시설이 모인 교외의 중추—가 되지는 못했지만 이 시설 자체는 단순한 쇼핑 행위를 초월하는 의미를 지니게 되었다.

소매 역사학자이자 웹사이트 Labelscar.com의 공동 설립자인 로스 셴델은 "우리의 경험이 쇼핑몰의 인공적 환경에 의미를 더한다"라고 말했다.

"쇼핑몰에서의 경험이 추억이 되는 이유는 사람들이 쇼핑몰에서 서로 어울리며 이러한 경험을 함께하기 때문이다. 쇼핑몰은 20세기 중반에 도심을 대체하면서 사실상 교외 거주민의 모임 장소가 되어 공동의 경험과 애틋한 추억을 제공했다."

이러한 공동의 감정적 경험을 누구보다 철저하게 검토하고 풍자한 것이 바로 텍사스 가상의 마을 버질을 배경으로 한 데이비드 번 감독의 영화 〈진짜 이야기〉(1986)다. 영화에서 이름 없는 이방인 역할을 연기한 번은 마치 시청자 참여 프로그램에 출연한 것처럼 완전히 무표정한 얼굴로 이 지역 쇼핑몰을 방문한 경험을 설명한다.

"쇼핑몰은 마을 광장을 대체해 많은 미국 도시의 중심지가 되었습니다." 번은 말한다. "쇼핑 자체가 사람들을 한데 모으는 활동이 되었습니다."

검은색 카우보이 모자와 서부풍의 노란 버튼다운 셔츠를 걸친 번은 지역 쇼핑몰의 환한 복도를 거니는 버질 주민들을 관찰한다. 똑같은 정장을 입고 한목소리로 말하는("오, 안녕하세요. 전 방금 비행기에서 내렸어요.") 여성 사업가 다섯 명과 잔소리를 하며 손주들을 데리고 쇼핑몰에서 나가는 할아버지가 그의 옆을 지나간다.

"이곳에선 늘 음악이 흘러나옵니다." 번이 말한다. "지금 몇시죠? 뒤돌아볼 시간이 없습니다."

번은 무미건조한 말투로 종종 제4의 벽을 부수고 관객에게 직접 말을 건다. 번의 쇼핑몰 탐방은 일종의 인류학 조사가 되어 1980년대 중반 쇼핑몰의 양식화된 모습을 곳곳에 부조리를 적당히 끼얹어 보여준다. 예를 들어 번은 서점으로 들어가다가 여러 명이 일제히 웃는 소리를 듣고 순간 멈칫한다.

"굶주린 소작농이 뱀파이어에게 몸을 팔아서 핏값을 받는대." 한 남자가 타블로이드 신문의 헤드라인을 읽다가 터져나오는 웃음을 간신히 참으며 말한다. 과체중에 카키색 바지와 줄무늬 폴로 셔츠를 입은 이 남자는 미국의 방종함과 레이건 시대의 지나친 오만을 보여주는 살아 있는 증거다. 그와 거의 똑같은 옷차림을 한 그의 친구는 신문꽂이로 겨우 몸을 지탱한 채 배를 움켜쥐고 웃는다. 번은 장난스레 웃으며 고개를 절레절레 젓고 서점에서 걸어나간다.

"이곳의 매장들은 무척 깨끗합니다." 번이 말을 잇는다. "공기도 맑고, 주차장과 걸어다닐 공간도 넉넉하죠."

번은 양팔 가득 물건을 사들고 전자제품 매장에서 나오는 남자를 만나 담소를 나누기 시작한다.

"안녕하세요." 번이 그 남자에게 말한다. "이 시간에 왜 직장에 있지 않으신 거죠?"

쇼핑몰

"아, 난 집에서 프로젝트를 진행하고 있거든요." 남자가 말한다.

"내 일은 저 위로 신호를 보내는 거예요." 남자가 위를 올려다보며 덧붙인다.

"아, 인공위성 같은 데로요?" 번이 묻는다.

"음, 그것보단 더 멀리 보내야죠." 남자가 어깨를 으쓱하며 말한다. "저기요, 난 지옥이 펼쳐지기 전에 얼른 일하러 가봐야겠어요."

미국 전역의 실제 도시에서 그렇듯 버질의 쇼핑몰 역시 단순히 물건을 구매하러 가는 장소를 넘어 사람들의 정서적 기반 역할을 했다. 사람들이 모여 느긋하게 긴장을 풀고 돈을 쓰는 장소인 동시에 쇼핑이 단순한 실용적 활동이 아니라 느끼고 싶은 특정한 감정이라는 사실을 드러냈다.

"사람들은 이곳에서 자신만의 신념 체계를 구축하고 있습니다." 번이 카메라를 똑바로 쳐다보고 말한다. "그 체계를 창조하고, 실행하고, 판매하고, 되는대로 지어내고 있지요."[5]

5. 작은 상자들

내가 열한 살이었던 1988년 여름, 우리 가족은 도시에 있는 이층집을 팔고 교외의 작은 케이프코드 스타일 주택*을 샀다. 우리가 이사한 곳은 먼로빌 몰에서 동쪽으로 약 9.5킬로미터 떨어진 리전시 파크라는 이름의 주택단지였는데, 먼로빌 몰과의 거리가 전에 살던 집과 완전히 똑같았다. 마치 우리 가족이 먼로빌 몰을 삶의—물리적이고 정신적인—구심점으로 삼은 것 같았다.

부모님은 윌킨스버그에 있는 낡은 이층집을 누군가 사기를 바라며 몇 년을 허비하다가 결국 부

---

* 단층의 직사각형 구조이며 지붕의 경사가 가파른 것이 특징이다.

동산 중개소에 집을 넘겼고, 이 결정으로 우리집은 임대 부동산이 되는 비극적인 미래를 맞이했다. 나는 내가 태어난 그 집을 떠나고 싶지 않았다. 그 집은 내가 첫걸음마를 뗀 곳, 모퉁이 너머로 사라지는 허물어진 보도 위에서 중고로 산 자전거 타는 법을 배운 곳, 매년 크리스마스 아침에 피곤하지만 행복한 얼굴로 누나와 나를 바라보는 부모님 앞에서 우리가 선물을 열어본 곳이었다. 친구들과 헤어지는 것은 더더욱 힘들었다. 그러나 어쩔 수 없었다. 우리 동네는 찢어지고 있었다. 우리의 친구와 이웃 모두가 이사 예정이거나 이미 이사를 떠난 상태였다. 마약이 흘러들었다. 해마다 총소리가 더 커지고 가까워졌다. 빈집이 잡초처럼 퍼지고 있었다. 그 어떤 구매자나 판매자도 전성기가 지난 동네에 살려고 하지 않았으니, 당연히 현금을 주고 집을 사려는 사람도 없었다. 이러한 사실 때문에 우리 가족이 프린스턴 파크를 벗어날 가능성은 희박했고 부모님은 낙담했다. 두 분은 부동산에 집을 넘긴 뒤 다시는 뒤돌아보지 않았다.

우리는 플럼이라는 동네로 이사했다. 더 좋은 학교가 있고 집들이 더 새것이고 주민 모두가 백인인 곳이었다. 구불구불한 2차선 도로와 농지 사이에 숨은 이곳의 풍경은 도시와 확연히 달랐다. 집들이 전만큼 빽빽하게 붙어 있지 않았고 블록으로 물리적 경계를 나눈 곳도 없었다. 그 대신 집들은 무한 루프 속에 갇힌 듯 끝없이 펼쳐져 있었고, 한때 농부가 일하던 땅 위에 미드센추리풍 주택이 찍어낸 패턴처럼 여섯 채씩 늘어서 있었으며, 연석 가까이 그려진 선명한 흰색 선이 리본처럼 이 모든 것을 에워싸고 있었다. 동쪽으로 겨우 20킬로미터 이동했을 뿐인데 이곳은 완전히 다른 세상 같았다. 나는 우리가 크나큰 실수를 저지른 건 아닌지 걱정했다.

리전시 파크에 사는 백인 남자애들은 내가 함께 자란 흑인 남자애들과 달랐다. 그애들은 뿔 달린 악마와 웃는 해골 그림이 있는 빛바랜 콘서트 티셔츠를 입었고, 더러운 자전거를 타며 동네 고양이들에게 돌을 던졌다. 빨랫줄에 실로 매달아놓은 다 먹은 수프 캔이나 새를 향해 비비총을 쏘거나 불구경을 하려고 이런저런 것들에 불을 지르기도 했다. 어떤 애들은 담배를 피웠고, 어떤 애들은 담배를 씹으며 마운틴듀 병이나 터너 아이스티 팩에 갈색 침을 모아 길가에 버렸다. 동네를 가르며 지나가는 턴파이크 고가도로 근처는 무성한 잡초 사이사이로 쓰레기가 가득했는데, 트윙키 껍질과 버드와이저 캔, 기름 자국으로 얼룩진 맥도날드 봉지가 마치 관리 안 된 마당의 엉겅퀴처럼 흩어

져 있었다. 단지 안을 떼 지어 몰려다니던 십대들
의 흔적이었다.

또다른 흔적은 벽에 적혀 있었다. "약쟁이가
1989년을 지배한다"라는, 미래에서 온 수수께끼
같은 메시지였다. 그해 여름, 사방에 이 문구가 있
었다. 턴파이크 고가도로에 검은 스프레이로 칠
해져 있었고, 볼더 로드의 임대료가 저렴한 아파
트 뒤 채석장에 있는 커다란 돌에도 휘갈겨져 있
었다. 밀러스 레인에 있는 치과 근처의 빨간 정지
표지판에도 새겨져 있었고, 빌 약국 앞에 있는 쓰
레기통 위에도 검은색 네임펜으로 거칠게 쓰여 있
었다.

약쟁이가 무슨 뜻인지 정확히는 몰라도 아는 것
이 몇 가지 있었다. 약쟁이는 헤비메탈 밴드 러시
의 티셔츠와 청바지를 입고 하이탑 스니커즈를 신
는 장발 머리의 형들과 관련된 말이었다. 그 형들
은 성인 남성처럼 보였다. 나는 약쟁이가 맥주를
마시고 담배를 피우며 이런저런 약을 시도하는 사
람이라고 생각했지만 자세한 내용은 전혀 몰랐다.
마찬가지로 초등학교 남자 화장실에 쓰인 낙서의

127

의미를 늘 이해하지는 못했다.

아버지의 파란 카프리스 창문 너머로 새 이웃들을 유심히 지켜보았다. 그렇게 페리 형제가 주말이면 자기 집 쉐보레 노바의 변속기를 뜯는다는 것, 전혀 아이 엄마처럼 보이지 않는 찰턴 부인이 여름날 이따금 상의를 벗고 햇볕을 쬔다는 것을 알아냈다. 새빌 가족이 자기 집 한쪽에 죽은 사슴을 묶어놓고 사냥용 칼로 배를 가르는 광경도 라디오 토크쇼가 흘러나오던 차 안에서 조수석 창문 너머로 처음 목격했다. 얼굴이 창백한 남자가 기계처럼 정확히 격자를 그리며 매주 자기 집 잔디를 깎는 모습을 본 것도 토요일마다 볼일을 보러 차를 타고 차고에서 후진해 나올 때였다.

이사한 뒤 처음 몇 주 동안은 매일같이 무언가

를 사러 갈 이유가 있었다. 새집에서 보낸 첫날 밤
어머니는 거실 통창에 새 커튼을 달아야 한다고
확신했다. 내 생각에 그때 어머니는 환하게 불이
들어온 우리의 새집이 온 동네에 노출되는 것이
싫었던 듯하다. 우리집은 어항 같았다. 그러나 유
리에 녹조가 끼고 검게 그을린 전구를 교체해야
하는 오래된 어항은 아니었다. 우리는 비닐봉지에
갇혀 수면 가까이 떠 있는 새 물고기였고, 새로운
환경에 이제 막 적응하며 앞으로 어떻게 살아야
할지 파악하는 중이었다.

　어머니만 그런 감정을 느낀 것은 아니었다. 이
사 초기, 교외에서의 고립감이 서서히 끓어오르
는 열병처럼 나를 덮쳐왔다. 내가 보인 반응은 문
화충격 혹은 우울증 같았다. 매일 오후 뒷마당에
있는 키 큰 단풍나무 꼭대기에 기어올라 워크맨의
재생 버튼을 눌렀다. 록 밴드 휴이 루이스 앤드 더
뉴스에 푹 빠져 있던 나는 그들의 앨범 〈Sports〉와
〈Fore!〉를 테이프가 늘어질 때까지 들었다. 그러
나 얼마 지나지 않아 두 앨범의 경쾌한 느낌이 내
기분과 썩 어울리지 않게 되었다. 나는 이층 높이

129

의 전망대에서 동네를 관찰하며 새 주변 인물들의 얼굴과 행동을 익혀나갔다.

우리는 교사와 우체부, 수위, 버스 운전사, 간호사, 부동산 중개인 틈에서 살았다. 이웃들은 미니밴과 스테이션왜건을 몰았다. 외출했다가 집으로 돌아오는 그들의 자동차 트렁크는 쇼핑 봉투로 가득했다. 때때로 그 봉투는 식료품점이나 근처 약국에서 온 것이었고, 대개는 먼로빌 몰에서 온 것이었다. 내가 잘 알고 안전하게 느꼈던 여러 장소 중 그 쇼핑몰만은 좋든 싫든 여전했다. 먼로빌 몰은 이사 전에도 내 삶의 일부였고, 이사 후에도 여전히 중요했다.

6. 흰색 데님

쇼핑몰에 있는 십대들은 패션의 기호학에 불가 사의할 만큼 능숙하다.

_브루스 도블러

나의 흰색 데님 재킷은 할인매장 티제이 맥스의 세일 매대에서 처음 발견한 순간부터 줄곧 그 모습 그대로였다. 수선하지도, 요란한 장식을 붙이지도 않았다. 소매를 잘라서 바이커 스타일 조끼를 만들지도, 메가데스와 앤스랙스, 모터헤드 같은 밴드에 충성을 맹세하는 패치를 등판에 꿰매지도 않았다. 이런 종류의 열정은 나보다 나이 많고 똑똑한 약쟁이와 헤비메탈 광팬들의 전유물이라고 생각했다. 아르바이트를 하고 지갑과 콧수염이 있고 담배를 피우고 폐차장에서 주워 온 부품과 바디 퍼티로 직접 수리한 자동차를 몰고 다니는 남자들. 그들은 금요일 밤에 캔들을 사려는 어머니와 함께 인테리어 용품점 피어 원 임포츠에 가지도 않을 것이고, 루트 비어를 너무 많이 마셔서 이따금 밤늦게 침대에 실수를 하지도 않을 것이었다.

내가 아는 한 그들은 금요일 밤마다 쇼핑몰 주차장에서 엔진으로 굉음을 내다가 주택단지에 있는 어느 집으로 사라져 부모님 부엌 선반에서 훔쳐온 술을 마시고는 여자애들과 섹스하는 부류의 남자들이었다. 그 여자애들도 평범한 여자애가 아니라 머리에 아쿠아넷 헤어스프레이 한 통을 다 뿌리고, 헤비메탈 밴드 모틀리 크루의 민소매 티셔츠를 입고, 얼룩덜룩하게 표백해서 양옆에 검은 레이스를 단 몸에 딱 붙는 청바지를 입는 부류였다. 나는 그 여자애들에게 매료되면서도 당혹감을 느꼈고, 그들 앞에선 하반신으로 피가 몰리며 정신이 아득해졌다. 한편으로는 무섭기도 했다. 저 여자애들은 어디에서 왔을까? 부모님이 계실까, 아니면 텔레비전 프로그램 〈USA 업 올 나이트〉에 등장하는 인물들처럼 보호기관에서 험악한 여교장의 감독하에 매일 밤 누추한 기숙사에 갇혀 담배를 피우고 핸드폰을 쓰게 해달라고 싸울까? 열한 살 소년이었던 나에게 여자와 섹스는 여전히 이해할 수 없는 미스터리였다.

리전시 파크로 이사한 이듬해, 친구 마크와 나는 턴파이크 고속도로 아래 잡초 사이를 굴러다니는 쓰레깃더미 근처에서 비에 흠뻑 젖은 잡지를 하나 발견했다. 몇 페이지가 떨어져나와 도로위에 널려 있었다. 가까이 다가가보니 벌거벗은 여자 사진이었다. 의자에 앉아 다리를 쩍 벌린 여자 사진은 노란색 중앙선 가까이에 있었다. 검은 머리 여자가 양손으로 자기 가슴을 모아쥐고 등을 활처럼 꺾어 감은 눈을 하늘로 향하고 있는 사진은 저멀리 배수구 근처에 있었다. 영화 〈사이코 III〉(1986)에 나오는 배우 줄리엣 커민스의 모텔 방 스트립쇼 장면을 제외하면 포르노를 본 것은 그때가 처음이었다. 그레이하운드 버스와 과속하는 차량들이 머리 위에서 질주하는 동안 마크와 나는 잡지를 빤히 내려다보았다. 남아 있는 것은 '스트랩 온 잭'—벨트처럼 허리에 묶는 거대한 검은색 고무 페니스—의 광고 페이지뿐이었다.

흰색 데님 재킷을 처음 걸친 곳은 부모님이 집에서 가장 가까운 쇼핑몰이 지겨워질 때 가곤 했던 그린게이트 몰이었다. 펜실베이니아 턴파이크 고속도로를 타고 45분간 동쪽으로 달리면 나오는 곳으로, 우리의 순례는 보통 봄이나 가을에 이루어졌는데 계절이 바뀌는 시기에 맞춰 어머니가 나들이 일정을 잡곤 했기 때문이다. 가을이면 도로에 늘어선 나무들의 이파리가 불타는 듯한 주황색과 짙은 버건디, 온갖 색조의 붉은색으로 화사하게 물들었다. 봄이면 앙상한 나뭇가지에 연둣빛 새순이 돋고 저멀리 우뚝 솟은 소나무 사이로 층층나무가 분홍색과 흰색 꽃을 피워내면서 숲이 되살아나는 광경을 목격할 수 있었다. 산과 계곡 사이를 달리는 것은 그린게이트 몰의 중앙 통로를 걷는 것만큼이나 중요한 나들이 경험의 일부였다.

흰색 데님 재킷을 입는 것은 마음이 불편할 만큼 대담한 결정처럼 느껴졌다. 아마도 거친 데님의 빳빳한 소매를 지나치게 의식한 탓에, 꼭 고운 사포로 만든 옷을 입는 느낌이었다. 아니면 칼라 안쪽의 가죽 태그에 빨간색 잉크로 찍힌 '하자 제품'이라는 단어 때문이었는지도 몰랐다. 나는 몇 주간 옷장 안에 방치해둔 재킷을 옷걸이에서 꺼내 몸에 걸쳤다. 어느 정도는 내가 입고 있던 매직 존슨 티셔츠를 가리기 위해서이기도 했다. 티셔츠에는 레이커스의 이 전설적인 선수가 손가락으로 농구공을 돌리는 캐리커처가 그려져 있었다. 내 옷장에는 이런 티셔츠가 많았다. 마이클 조던, 제임스 워디, 래리 버드, 스퍼드 웹. 나는 농구를 좋아했지만 이러한 농구 사랑이 그 당시 점점 커져가던 록 음악에 대한 관심과 충돌하는 것은 아닌지 걱정스러워지기 시작했다. 어떻게 시카고 불스와 데프 레퍼드를 동시에 좋아할 수 있을까? 어울리지 않는 두 관심사의 간극에 마음이 쓰였다.

그린게이트 몰을 방문할 때마다 무인 지대가 떠올랐다. 그린게이트 몰이 위치한 웨스트 펜실베이니아의 시골 땅은 경주용 오토바이와 남부연합기, 사냥용 소총, 뒷바퀴 흙받기에 만화 캐릭터 요세미티 샘의 스티커를 붙인 픽업트럭이 연상되는 지역이었다. 십대였던 내가 그린게이트 몰을 자주

쇼핑몰

찾던 1990년대 초반에 이곳의 위상은 서서히 바래기 시작했는데, 개인적인 인연을 생각하면 참 슬픈 일이었다. 우리 가족은 내가 아주 어릴 때부터 그린게이트 몰을 찾았다. 외할아버지는 이곳의 모든 것을 좋아했고, 그중에서도 특별 시즌, 크리스마스와 부활절의 화려한 장식을 좋아했다. 우리 집의 오래된 가족 앨범에는 1980년대 초에 찍은 사진이 하나 있다. 그 사진 속에서 누나와 나는 흰색 털 방울과 줄무늬 지팡이 모양 사탕에 둘러싸여 포즈를 잡고 있다. 누나는 언제나처럼 웃고 있지만 땅에 떨어진 커다란 막대사탕을 내려다보는 내 얼굴은 홍당무처럼 새빨갛다.

한낮의 그린게이트 몰 중앙 광장은 환하게 빛났다. 채광창으로 흘러든 햇살이 무성한 초목과 분수대를 밝게 비추었고, 분수대에서 흐르는 물소리가 중앙 통로 전체에 잔잔히 흘렀다. 밤의 중앙 광장은 축하의 의미로 줄에 조명을 걸어 어둠을 밝힌 북적이는 마을처럼 활기가 흘러넘쳤다. 그린게이트 몰은 마치 시간을 초월해 자기만의 차원에 따로 존재하는 장소 같았다. 쇼핑객들은 G. C. 머

피의 간이식당에 모여 커피를 마셨고 새들은 푸드
코트의 작은 나무들 사이에 걸린 장식용 새장 안
에서 날개를 퍼덕거렸다. 노인들은 위층과 아래층
을 천천히 돌았고, 성인 남녀는 가던 길을 멈추고
중앙 통로에 있는 벤치에 앉아 대화를 나누었다.
그린게이트 몰에서는 모든 것이 바깥의 삶보다 더
단순하고 가볍게 느껴졌다.

　내 또래의 아이들과 십대들이 복도를 배회했다.
아는 사이가 아니었기에 부모님과 함께 공공장소
에 외출했다는 사실이 그리 신경쓰이진 않았다.
당시에는 그게 큰 걱정거리였다. 교외로 이사한
뒤 나는 내가 다니는 학교의 학생 대다수가 딱히
부모님과 시간을 보내지 않는다는 사실을 깨달았
다. 그 대신 그애들은 미니 골프장이나 롤러스케

이트장, 학교 축구 경기, 쇼핑몰에 우르르 몰려다녔다. 내가 잠시 주의를 돌린 하룻밤 사이에 변화가 일어난 것 같았다.

담배 판매점 '타바코 빌리지'의 신문 가판대에 가는 길에 푸드코트 근처에 있던 복도 거울에 비친 나를 문득 봤다. 흰색 데님 재킷을 입은 모습을 처음 본 것이었다. 걸음을 늦춰서 남들 눈에 띄지 않게 핏을 확인한 뒤, 재킷을 사길 잘했다는 결론을 내렸다. 그때의 기억은 지금도 남을 만큼 희귀한, 자신감 넘치는 순간이었다. 그 재킷은 적어도 영화 〈빽 투 더 퓨처〉(1985)에 나오는 마티 맥플라이의 패션을 추구했던 나의 독특한 미감상으로는, 내가 걸친 하이탑 나이키 플라이트와 리바이스 501과도 잘 어울리는 것 같았다.

그린게이트 몰에 가면 언제나 타바코 빌리지에 들러 잡지 〈헤비메탈〉 최신호를 자세히 보며 프랭크 프라제타와 보리스 바예호, 사이먼 비슬리 같은 일러스트레이터들의 작품을 찾았다. 야만인들이 군림하고, 맨살을 훤히 드러낸 전사 공주들이 목을 베는 위험한 세상으로 도망치는 것이 나의 취미가 되었다. 쇼핑몰과 마찬가지로 판타지도 당시 점점 커져가던 교외에서의 고립감을 일순간 이나마 가라앉혀주었다. 타바코 빌리지는 내가 농구 카드를 사는 곳이기도 했다. 처음에는 플리어 카드를 수집하다가 나중에는 NBA의 후프스와 스카이박스 카드도 구매했다. 카드를 골라 계산대로 가져갈 때마다 내 선택이 줏대 없다고 점원에게 창피를 당할까 걱정스러웠다. 그러나 보통 계산대에서 나를 기다리는 사람은 끝까지 다 피운 시가를 입에 꼬나물고 있는 머리가 벗어진 아저씨였고, 그 사람은 내게 쥐뿔도 관심이 없었다.

흰색 데님 재킷은 내가 선택한 첫번째 옷이었다. 아니면 적어도 처음으로 나만의 스타일을 추구한 옷이었다. 이 재킷의 미감에는 다음과 같은

쇼핑몰

메시지가 담겨 있었다. 나는 최근에 로큰롤을 발견한 열한 살 소년이다. 손주의 그림을 자랑스레 냉장고에 붙이는 할머니처럼 좋아하는 밴드들의 핀과 단추로 새하얀 재킷의 앞주머니를 장식했다. 깁슨 레스 폴 기타처럼 생긴 하드 록 카페 핀은 어머니가 출장에서 사다준 선물이었고, 데이비드 리 로스의 〈Eat'Em and Smile〉과 데프 레퍼드의 〈Pyromania〉, 반 헤일런의 〈OU812〉 앨범 커버로 만든 네모난 단추는 전부 내셔널 레코드 마트 계산대 근처에 있는 원형 매대에서 산 것이었다.

그린게이트 몰 푸드코트에서 부모님을 기다리며 버거킹 근처의 테이블에 앉아 〈헤비메탈〉을 뒤적거렸다. 내 주위는 온통 십대들이었다. 나보다 나이가 많은 사람도, 적은 사람도 있었다. 록 밴드 건즈 앤 로지스의 티셔츠를 입은 형들과 탈색한 금발에 앞머리를 한껏 부풀린 누나들이 눈에 띄었다. 나는 재킷 차림으로 그곳에 앉아 내가 누군가의 눈에 띄긴 할는지, 조금 전 복도 거울에서 포착한 순간이 그저 우연이거나 판단 착오였던 건 아닐지 고민했다.

한 나이든 로큰롤 팬이 내게 관심을 보이는 시나리오를 상상했다. 그는 푸드코트를 지나던 길에 내 쪽으로 걸어오다가 테이블 앞에 멈춰 선다. 그 노인은 머리가 희끗희끗하고 등판에 흑백 해골 무늬가 수놓아진 낡디낡은 가죽 재킷을 입고 있다. 그 사람은 "앉아도 될까?"라고 말하듯 내 앞의 빈 의자를 손가락으로 가리킨다.

"그러세요." 나는 대답하곤 내가 맡은 역할답게 동요하지 않는 척 계속 잡지를 뒤적인다. 그 남자를 보니 배우 샘 엘리엇 혹은 내가 머릿속으로 상상해온 버전의 샘 엘리엇이 떠오른다. 남자는 자리에 앉은 뒤 주머니에 손을 넣어 말보로 레드 담뱃갑을 꺼낸다.

"한 대 피우련?" 남자가 낡은 지포 라이터의 뚜

껌을 열며 묻는다.

"괜찮아요." 내가 답한다.

"똑똑하구나." 노인이 대답한다. 그가 담배에 불을 붙인 뒤 한 모금 빨자 담뱃불이 주황색으로 타오른다. 그의 콧구멍에서 경고 신호처럼 푸르스름한 연기가 피어오른다. 남자가 주변의 소용돌이—사람들, 백색소음, 쇼핑몰의 윙윙대는 소리—를 소화하는 데는 꽤 오랜 시간이 걸린다. 마침내 그가 무언가를 말하려는 듯 내 쪽으로 몸을 기울이고, 나 역시 그 쪽으로 몸을 기울인다.

"저 멍청이들 생각은 조금도 신경쓰지 마." 그가 신중한 목소리로 천천히 말한다. "저애들은 너를 몰라." 그는 내 재킷을 바라보던 눈을 가늘게 뜨더니 앞주머니에 달린 핀과 단추를 응시한다. 이내 그의 주름진 얼굴에 미소가 환하게 번진다.

"네가 왜 마음에 드는지 알아? 넌 비밀을 알고 있거든." 노인이 말한다. 그가 검지로 내 재킷 앞주머니를 톡톡 두드린다. "흰색 데님은 절대 물이 빠지지 않지."

7. 광란의 쇼핑몰

당신은 쇼핑몰 안에 서 있다. 그러나 이곳은 당신이 평소에 자주 가는 쇼핑몰이 아니고, 집에서 가장 가까운 쇼핑몰이 지겨워지면 차를 몰고 가는 또다른 쇼핑몰도 아니다. 주변은 익숙하면서도 이상하게 막연하다. 엠티 월릿, 프럼프 패션 부티크, 스크래치 레코드, 딩어링 폰, 칩스 컴퓨터, 여피 퍼피스 펫, 스웨티 스포츠 같은 가게 이름들은 전혀 당신의 기억에 없다. 좋아하던 가게는 다 어디로 갔지? 도시의 다른 지역에서 완전히 새로운 쇼핑몰을 발견한 것만 같다.

쇼핑객 수백 명이 화사한 색으로 칠한 중앙 통로와 산책로를 돌아다니며 자신이 좋아하는 상점을 들락날락한다. 그러나 남자와 여자, 아이들의 얼굴은 흐릿하게 지워져 있고, 아무리 가까이 다가가도 알아볼 수 없다. 그리고 이곳에선 아무 소리도 들리지 않는다. 사람들의 대화 소리도, 저멀리 놀이방에서 아이들이 꺅꺅대는 소리도, 심지어 배경에 흐르는 음악소리도 없다. 게다가 냄새도 나지 않는다. 푸드코트에서 풍겨나오는 피자나 감자튀김 냄새도, 리즈 클레이번과 컬러스 바이 베네통, 캠프 베벌리힐스의 향수들을 들여놓은 백화점 매대의 강렬한 향기도 없다. 감각이 둔하고 신체 일부가 움직이지 않는—말을 하려고 해도 입이 벌어지지 않는다거나, 걸으려 해도 다리가 움직이지 않는다거나 하는—꿈속에 있는 것 같다.

당신은 가장 좋아하는 데님 오버올과 크리스마스 선물로 받은 귀여운 분홍색 터틀넥을 입고 있다. 머리카락은 부분 탈색한 뒤 뽕을 잔뜩 넣었고, 통 넓은 바지는 아래로 갈수록 점점 가늘어지다가 주름 접힌 부숭부숭한 분홍 양말 속으로 사라진다. 신고 있는 케즈 신발은 상자에서 막 꺼낸 것이라 얼룩 하나 없이 새하얗다. 당신과 친한 친구들이 이곳에 있는데, 섀넌, 브렌다, 코트니 같은 이름을 가진 소녀들이다. 친구들도 자신이 가진 가장 귀여운 옷을 골라 입었고, 모두가 "이제 네 차례야"라고 말하듯 당신을 향해 웃고 있다.

아래를 내려다보니 손에 200달러와 쇼핑 목록이 들려 있다. 목록에는 여섯 개 항목이 특별한 순서 없이, 누구 것인지 알 수 없는 필체로 쓰여 있다. 어떻게 이러한 결론에 도달했는지는 몰라도, 왜인지 당신은 이 목록이 성공의 열쇠임을 안다. 물건들을 친구들보다 먼저 손에 넣으면 쇼핑몰에서 나갈 수 있다. 그러나 실패하면 당신의 미래는 불투명해진다.

"손님 여러분께 안내 말씀드립니다." 스피커에서 쩌렁쩌렁한 목소리가 울려퍼지며 침묵을 가른다. "신발 가게에서 세일을 시작합니다!"

"대박!" 섀넌과 브렌다, 코트니가 일제히 비명을 지르더니 까르르 웃으며 신발을 사러 뛰어간다. 혼자 남은 당신은 친구들이 마치 몇 시간 전부터 이곳에 있었던 것처럼 팔에 쇼핑 봉투를 한가득 걸고 있다는 사실을 깨닫는다. 200달러와 쇼핑 목록, 데님 오버올의 앞주머니에서 발견한 이지 머니 신용카드가 있는데 당신은 아직 쇼핑을 시작하지도 않았다.

"이미 글렀어." 당신은 혼잣말한다. "친구들을 따라잡지 못할 거야." 그때 당신은 근처에서 콘헤드 아이스크림 간판을 발견하고 그쪽으로 걸어가 보기로 한다. 계산대 앞으로 가서 카운터에 현금을 올려놓고 와플 콘에 쿠키 도우 아이스크림 두 덩이를 주문한다. 쿠키 도우는 당신이 가장 좋아하는 맛으로 슬플 때 늘 기운을 끌어올려준다. 치어리더 선발 테스트를 치르고 울면서 집에 돌아온 그날 오후, 어머니가 쿠키 도우 아이스크림을 사다 주었다. 격주로 아빠의 아파트에서 지내는 날이면 아빠도 모퉁이에 있는 작은 아이스크림 가게에서 언제나 아이스크림을 사준다. 푸드코트 가장자리에 있는 벤치에 앉아 있는데, 무언가가 눈길을 사로잡는다. 발치의 바닥에 밀턴 브래들리라는 이름이 새겨져 있다. '이상하네.' 당신은 생각한다. '저 이름이 왜 익숙하지?'

*

밀턴 브래들리가 보드게임 '광란의 쇼핑몰'을 처음 출시한 1988년은 쇼핑몰의 인기가 절정에 달한 때였다. 당시 쇼핑몰은 하나의 대중문화 현상일 뿐만 아니라 사실상 전 국민의 취미생활이 되어 있었다. "나는 쇼핑하기 위해 태어났다"와 "지쳐 쓰러질 때까지 쇼핑하라" 같은 표현은 범퍼 스티커와 티셔츠에 쓰인 슬로건을 넘어서 쇼핑몰 추종자 군단의 주문이 되었다. 가상의 쇼핑몰에서 펼쳐지는 보드게임 하나에 십대와 성인 가릴 것 없이 모두가 빠져든 것도 놀라울 일이 아니었다. 전자 음성에 불과한 '쇼핑몰의 목소리'에 항시 복종하라는, 조지 오웰의 소설에 나올 법한 전체주의적 명령에도 사람들은 전혀 동요하지 않았다. 쇼핑몰의 의지에 저항한다는 선택지는 없었다.

게임 규칙은 단순했다. 쇼핑 목록에 있는 여섯 개 상품을 가장 먼저 구매해 주차장에 도착하는 사람이 우승을 차지했다. 방식은 쇼핑몰 전문가—즉 11세에서 16세 사이의 소녀—가 새싹 소비자로서의 기량을 시험해볼 수 있게끔 고안되었다. 두꺼운 마분지로 만들어진 쇼핑 목록과 플라스틱 신용카드, 지폐로 무장한 게임 참가자들은 현명하게 소비하라는 조언과 함께 이층짜리 쇼핑몰 안에 떨어졌다. 이 게임은 1980년대의 전형적인 쇼핑몰을 작은 크기로 재현했을 뿐만 아니라, 밀턴 브래들리가 노골적으로 미래의 쇼핑객을 훈련하는 방식이기도 했다.

그러나 광란의 쇼핑몰은 게임 그 이상이었다. 이 게임은 당시 대다수 인구가 겪고 있던 상태, 즉 쇼핑하며 사람들과 어울리고 싶은 충동과 세상의 소음을 차단하고픈 강력한 충동을 동시에 드러냈다. 바깥에서는 1980년대의 아수라장—에이즈의 창궐, 크랙 코카인의 확산, 경제에 낙수 효과가 발생하리라는 헛된 희망, 냉전시대의 사라지지 않는 핵 멸망 위협—이 펼쳐지는 가운데, 쇼핑몰은 그 모든 것으로부터 안전한 공간이 되었다. 주말에 일에서 벗어나고 싶은 성인에게도, 정체성을 형성하고 자신이 소속될 공간을 찾는 청소년에게도 마찬가지였다. 십대들은 자기 영역을 만들겠다는 확고한 의지를 품고 쇼핑몰로 떼 지어 몰려들었다.

전국이 쇼핑몰의 매력에 빠져들자 학계와 언론

에서 무수한 분석을 쏟아냈다. 그러한 분석의 근원에는 쇼핑몰의 가장 열렬한 추종자, 즉 미국 십대의 행동을 수량화하고 싶은 강렬한 욕망이 있었다. 캐스린 H. 앤서니의 논문「쇼핑몰: 십대의 집합소」는 십대들이 쇼핑몰의 탁 트인 공간과 끝없이 이어지는 복도에 매료되는 이유를 이해해보려는 수많은 노력의 대표 사례였다. 앤서니는 "대다수 청소년이 (…) 주기적으로 쇼핑몰을 찾는다고 말하면서 (…) 여러 대중작가가 묘사한 현상이 사실임을 보여주었다"라고 말한다. "청소년들은 자신이 쇼핑몰을 자주 방문한다는 사실을 부끄러워하지 않는 것으로 보인다. 오히려 그들은 그 사실에 자부심을 느낀다."[1]

앤서니의 발언에는 쇼핑몰에서 시간을 보내는

십대들이 어느 정도 수치심을 느껴야 마땅하다는 의미가 깔려 있다. 그러나 이러한 견해는 그 당시 벌어지고 있던 문화적 패러다임의 변화를 간과한 것이었다. 사람들은 당당하게 쇼핑몰에 열광했다. 그건 꼭 쇼핑 자체에 대한 열광이라기보다는 익숙하면서도 유혹적인 환경에 대한 열광이었다. 쇼핑몰은 정처 없이 표류하는 교외의 청소년에게 안식처가 되어주는, 상거래를 초월한 장소였다. 이상한 말처럼 들릴지 몰라도, 쇼핑몰 죽순이나 죽돌이가 된다는 것은 더 거대한 무언가의 일부가 된다는 뜻이었다. 쇼핑몰에서 이들은 풍경의 일부가 되었을 뿐만 아니라 의례와 보상에 관한 공고한 사회 체계의 일부가 될 수 있었다.

1980년대 말, 소매업체와 대기업, 광고주, 미디어 기업은 쇼핑몰을 확보된 관객이자 초점 집단으로, 즉 캐내야 할 자원으로 인식했다. 쇼핑몰은 소비재뿐만 아니라 미리 준비된 문화와 오락까지 전달하는 운반 수단이 되었다. 인기 가수이자 십대 아이돌이었던 티파니가 쇼핑몰의 이러한 역할을 보여주는 훌륭한 사례였다. 티파니가 데뷔 앨범을 발매하고 첫 싱글로 별다른 호응을 얻지 못한 1987년, 매니저는 티파니를 위해 전국 쇼핑몰 투어를 기획했다. 토요타와 클레롤, 아디다스의 후원을 받은 '아름다운 당신: 좋은 삶을 찬미하는 쇼핑몰 투어 1987'은 뉴저지 퍼래머스의 버건 몰에서 시작해 전국의 열 개 쇼핑몰을 돌았다.

티파니의 매니저 브래드 슈미트는 〈로스앤젤레스 타임스〉에서 "우리는 티파니의 또래들이 여름 내내 시간을 보내는 곳인 쇼핑몰로 티파니를 데려가고 싶었습니다"라고 말했다. "만약 티파니가 인기를 얻는다면 그 인기는 먼저 12~18세에게서 나올 테고, 그렇다면 미국의 놀이터인 쇼핑몰만큼 티파니를 소개하기 좋은 장소는 또 없죠."[2]

티파니의 투어가 보여준 더 거대한 추세는 쇼핑

몰이 작은 공연장으로 기능한다는 것이었다. 쇼핑
몰 열풍이 절정에 달하기 전에는 쇼핑몰의 중앙 광
장에서 그 지역의 장기자랑 대회나 고카트 경주와
곰 싸움 같은 순회 행사가 열렸다. 그러나 1980년
대 후반이 되자 쇼핑몰 홍보는 하나의 작은 산업이
되었고, 마이애미의 쇼핑센터 네트워크 같은 쇼핑
몰 홍보 회사는 직접 〈애완동물은 멋져〉와 〈아이와
함께 낚시를〉 같은 프로그램을 제작해 전국의 쇼
핑몰에서 진행했다. 1988년에는 MTV까지 출사
표를 던졌다. MTV는 "젊은 세대를 위한 디즈니
월드 엡콧센터*와 바넘 앤드 베일리 서커스의 만
남"으로 소개된 부자연사박물관Museum of UnNatural
History이라는 이름의 프로그램을 제작해 6개월간
스물일곱 개 쇼핑몰을 돌았다.

　전국에서 인기가 이어지면서 쇼핑몰은 영화
〈카멧 나이트〉(1984)와 〈신비의 체험〉(1985),
〈코만도〉(1985), 〈트루 스토리스〉(1986), 칭기
즈 칸과 에이브러햄 링컨, 잔다르크 등이 샌 디마

---

* 미래를 주제로 한 디즈니월드의 테마파크.

스 몰의 중앙 통로에서 난장판을 벌이는 〈엑설런트 어드벤쳐〉(1989) 등에서 연이어 주요 소재가 되었다. 조이스 캐럴 오츠의 단편소설을 바탕으로 만든 비교적 덜 알려진 영화 〈커니의 성인식〉(1985)에서도 쇼핑몰이 중요한 배경으로 등장한다. 어린 로라 던이 자신의 섹슈얼리티를 이해하려고 애쓰는 어린 소녀 역할을 맡았고, 남자 주인공 트리트 윌리엄스는 갈수록 로라 던을 소유하려하는 위협적인 상대역으로 등장한다. 물론 쇼핑몰을 배경으로 펼쳐지는 모든 영화가 이렇게 섬세하고 복잡한 것은 아니다. 데님을 입은 척 노리스가 자신의 시그니처인 우지 기관단총과 돌려 차기로 공산주의자를 끝장내는 〈매트 헌터〉(1985)를 비롯한 많은 영화가 쇼핑몰을 미국의 이상을 나타내는 상징적 소품으로 사용하며, 또다른 영화들은 쇼핑몰이 지닌 판타지와 키치의 잠재력을 최대한 활용한다. 공포영화 〈킬보트〉(1986)에서는 오작동하는 경비 로봇이 영업이 끝난 가상의 파크 플라자 몰 내부에서 십대 직원들을 끔찍하게 살해한다. "쇼핑하다가 팔다리를 잃는 곳"이라는 광고 문구를 보면 이 영화가 컬트영화의 고전이 된 이유를 쉽게 이해할 수 있다.

아마도 그중 가장 상징적인 영화일 〈리치몬드 연애 소동〉(1982)에서 쇼핑몰은 십대의 불확실성과 감정적 취약성이 짙게 밴 장소로 등장한다. 암표상인 마이크 데이먼이 마크 '랫' 랫너에게 여자애들과 대화하는 5단계 계획을 이야기하는 장면은 우리가 동네 쇼핑몰에서 엿들었을 법한 대화를 떠올리게 한다. 캐머런 크로가 쓴 이 진짜 같은 대화는 십대 소녀라는 수수께끼와 남자의 터무니없는 자의식을 드러내는 동시에 당시 쇼핑몰 문화의 성격과 분위기를 잘 보여준다.

"랫, 가장 중요한 건 네가 그 여자애를 얼마나 좋아하는지 티 내지 않는 거야." 데이먼이 리지몬트 몰의 레코드 가게 앞에서 마분지로 만든 데비 해리 등신대에 다가서며 말한다. "오, 데비구나. 안녕." 데이먼은 금발의 데비 해리 옆에서 슬쩍 몸을 돌리며 무심한 척 연기하고, 랫은 그런 데이먼을 바라보며 그의 조언을 마음속에 새긴다. "두번째, 주도권은 늘 네가 쥐어야 해. '나한테 키스해. 후회하지 않을걸.'" 데이먼이 데비의 어깨에 능청스레 팔을 두르며 말한다. "자, 세번째. 어디에 가든 그곳이 최고의 장소인 척해. '여기 정말 멋지지 않아?' 네번째, 음식을 시킬 땐 뭘 좋아하는지 물어보고 네가 대신 주문해. 그게 세련된 거니까. '이 숙녀분은 링귀니와 화이트 클램 소스, 얼음 뺀 콜라로 주세요.' 그리고 다섯번째, 여기가 제일 중요해. 스킨십을 하게 될 땐 가능한 한 〈레드 제플린 IV〉LP의 앞면을 틀어봐."

모든 영화가 십대의 쇼핑몰 중독에만 초점을 맞춘 것은 아니었다. 일부 영화는 완전히 다른 관점으로 전 국민의 쇼핑 중독을 미묘하게 비판했다. 〈브루스 브라더스〉(1980)에서는 두 주인공이 일리노이 딕시 스퀘어 몰 안에서 난폭하게 차를 몰며 경찰차에 바짝 따라잡히는 사이, 쇼핑객들은 도망치고 상점 수십 군데가 파괴되면서 쇼핑몰 내부가 말 그대로 박살이 난다. "여긴 없는 게 없어." 백미러에 사이렌이 번쩍이는 가운데 제이크가 엘우드에게 말한다.

쇼핑몰 광풍이 절정에 달한 것은 1980년대 말일지 몰라도, 그 기원은 초기 쇼핑몰이 문을 열던 시절로 거슬러올라간다는 사실을 짚고 넘어갈 필요가 있다. 예를 들어 1965년에 펜실베이니아 그린즈버그에 그린게이트 몰이 처음 개장했을 때 그 인기는 가히 폭발적이었다. 대중은 쇼핑몰이 제공하는 서비스에 반해 거의 어쩔 줄을 몰랐다. 사람들은 작가 윌리엄 세베리니 코윈스키가 말한 "아고라매니아agoramania"를 경험하고 있는 듯했다.

"사람들은 좀처럼 그곳에 질리지 않았다." 코 윈스키는 이렇게 썼다. "쇼핑몰의 내부 광장은 끊임없이 붐볐고, 가게 안은 물건을 넋 나간 채 바라보거나 구매하는 인간들로 가득찼다. 믿을 만한 정보원(가령 그곳에서 일했던 내 누이들과 그린게이트 몰 재봉틀 매장 싱어의 첫 매니저였던 내 아버지)에게서 들은 이야기에 따르면, 이렇게 밀집된 환경에서 이렇게나 많은 상품을 쉽게 구매할 수 있다는 사실이 일부 사람들을 미치기 직전 상태로 몰아넣는 것 같았다. 어떤 남자는 그린게이트 매장에서 옷걸이에 걸린 정장을 모두 집어들고 그대로 쇼핑몰에서 도망치려 했다. 또다른 남자는 내셔널 레코드 마트에서 음반을 한아름 쓸어 담고 보안 요원에게 바짝 뒤쫓기며 에스컬레이터를 달

음질쳐 내려갔는데, 달러 저축은행의 은행원들은
두 남자가 일층으로 사라지면서 앨범이 공중 부양
하는 장면을 목격했다."[3]

*

"당신은 배가 고픕니다." 쇼핑몰의 목소리가 무
미건조한 어조로 말한다. "피자 가게에서 친구를
만나세요." 당신은 주위를 둘러본다. 푸드코트가
텅 비었다. 주변에 아무도 없다. 마치 쇼핑몰이 당
신에게 어서 오라고 손짓하는 것 같다. 당신은 자
리에서 일어나 환하게 불이 들어온 안내판 쪽으로
걸어간다. 피자 가게는 쇼핑몰의 반대쪽 끝, 딩어
링 폰 매장 옆에 있다. 당신은 걸어가보기로 한다.
　중앙 통로를 천천히 걸으며 아이쇼핑을 하는데,
구미가 당기는 귀여운 상의 몇 벌이 눈에 띈다. 기
분이 좋아지고, 목에 무언가가 걸린 듯한 느낌이
사라지기 시작한다. 시야 한쪽 끝에 꼭 써보고 싶
은 진분홍색 선글라스가 보인다. 메이드 인 더 셰
이드 선글라스 매장으로 걸어가는데 갑자기 섀넌
과 브렌다, 코트니가 나타난다.

"어디 갔었어?" 소녀들이 한목소리로 묻는다. "너 길 잃어버린 줄 알았잖아." 마지막으로 봤을 때 이 친구들은 당신을 버리고 세일중인 신발 가게로 달려갔었다. 당신도 따라갔어야 했나보다.

"방금 신발 가게에서 누구 만났는지 알아?" 코트니가 말한다.

"누굴 만났는데?"

"토드." 코트니가 대답한다. "그런데 멜리사랑 같이 있는 거야."

"대박." 당신이 말한다. "겨우 지난주에 헤더랑 헤어졌잖아."

"내 말이." 섀넌이 맞장구를 친다. "게다가 금요일에 토니가 연 파티에서 토드가 킴한테 키스했단 소문을 들었어."

"진짜 싫다." 당신이 말한다.

"피자 먹고 싶은 사람?" 브렌다가 묻고, 당신과 친구들은 피자 가게로 달려가서 빈자리에 앉는다. 다시 모두가 한자리에 모였고, 이 순간만큼은 모든 것이 완벽하다.

8. 네온 불빛 속의 복도

당신의 현 위치

"애들아 여기 봐봐, 똥구멍이 진동한다!" 성인잡지 가판대의 카운터 뒤에 있는 얼굴이 창백한 여자가 건전지로 작동하는 양 모양 고무풍선의 항문을 자신의 통통한 검지로 가리키며 말했다. "너네 분명히 흥분할걸."

몇십 센티미터 높이의 연단 위에 선 그 여자의 눈에 광기가 어른거렸다. 카운터에는 향기나는 오일과 아스트로글라이드 윤활제, 페니스 모양 펜이 가득했다. 무대의 배경이 된 벽에는 딜도와 엉덩이 플러그가 빼곡하게 진열되어 있었다. 덥수룩한 파마머리 아래에서 흘러나오는 여자의 목소리는 마치 호객꾼 같기도, 정보 전달형 광고에 나오는 장사꾼 같기도 했다. 그녀의 얼굴에 떠오른 표정은 내가 한 해의 마지막 날 밤에 성인용품 판매점에 서 있다는 사실보다도 더 찝찝하게 느껴졌다.

"여기 있는 거 맘에 들어?" 여자가 버지니아 슬림을 길게 빨아들이며 물었고, 담배 필터에는 그녀의 새빨간 립스틱 자국이 남아 있었다. "저 안에 다른 것도 더 많아." 팔로 가게 안쪽을 가리키는 여자의 콧구멍에서 연기가 흘러나왔다. 여자는 자신이 지금 호르몬에 절어 있는 십대의 머릿속을 폭발시킬 것이 분명한 하드코어 이미지와 노골적인 도구의 세계로 우리를 안내하고 있다는 사실을 잘 알았다.

1991년의 마지막날이었다. 쇼핑몰이 문을 닫자 우리는 갈 데가 없었다. 우리가 관심을 가질 만한 지역을 떠올려 지도 위에 표시해보아도 아마 언급할 만한 장소는 몇 군데 되지 않았을 것이다. 쇼핑몰에는 주도州都나 대도시처럼 별이 달려 있었을 테다. 쇼핑몰은 규격형 주택과 구불구불한 언덕, 버려진 산업 부지, 학교, 상점으로 이루어진 우리의 작고 고립된 우주의 중심이자 도시가 끊임없이 땅을 잠식해나가고 아름다운 자연이 계속해서 소멸하는 풍경의 중심이었다. 쇼핑몰은 결코 문화의 중심지가 아니었지만 그나마 우리가 가진 최선이었다. 쇼핑몰 다음으로 중요한 장소를 차례로 나열하자면, 우리가 대부분의 식사를 해결했던 미라클 마일 쇼핑센터의 타코 벨, 지쳐서 나가떨어질 때까지 즉석 시합을 벌였던 보이스 파크 농구 코트, 그라피티를 위한 빈 서판이었던 뉴저지 브리지, 그리고 당연하게도 랠프 군수품 판매점이 있었다. 군수품 판매점은 기념품용 가짜 수류탄을 만져보고 군용 식기를 구경하고 싶은 십대 소년의 욕구를 채워주었을 뿐만 아니라, 우리에게

항공 재킷과 전투화, 칼하트 티셔츠와 디키즈 바지를 처음 소개해주어 막 자라나기 시작한 우리의 패션 감각을 키워주기도 했다.

우리는 결국 지루함을 이기지 못하고 성인잡지 가판대 앞에 도착했다. 마크가 자기 아버지 자동차를 빌렸는데, 그 차는 나폴리탄이라는 별명으로 불리던 녹슨 투톤 쉐보레 캐벌리어였다. 프레드가 조수석에 타고 있어서 나는 찰스, 도니와 함께 뒷좌석에 앉아 뒤쪽 스피커에서 울려퍼지는 슬레이어의 〈Reign in Blood〉에 맞춰 팔다리를 격하게 흔들었다. 그러나 찰스와 함께 있을 때 뒷좌석 댄스 플로어가 열리면 늘 걱정스러웠다. 찰스는 혈우병 환자였다. 실수로 찰스의 피부가 찢어져서 찰스 부모님한테 뒷좌석에서 피를 흘리게 된

사유를 설명해야 할지도 모른다는 생각을 떨쳐낼 수 없다. 나는 자주 그런 시나리오를 떠올렸다. 내 머릿속은 종종 비극적인 결론에 도달하며 그렇지 않았다면 그저 태평했을 순간을 방해하곤 했다. 지난 몇 달간 특히 심해진 습관이었다.

우리의 밤은 두 시간 전에 교외 깊숙이 박혀 있는 24시 주유소에서 시작되었다. 나는 주유소 화장실에 있는 동전 자판기에서 돌기 달린 콘돔을 보고 재미있다는 생각에 하나 구입했고, 다 같이 스내플 음료수와 리세스 땅콩버터 초콜릿을 한가득 사서 다시 차에 올라탔다. 고속도로에서 가장 가까운 주유 펌프 앞에 차를 세운 마크는 기름을 가득 채운 뒤 주유비를 계산하지도 않고 고속도로로 쌩 출발했고, 나폴리탄은 최선을 다해 속도를 높였다. 우리 모두 마크의 좌석 등받이를 주먹으로 내리치며 깔깔 웃었지만 한편으로는 경광등 불빛이 나타나지는 않을까 초조해하며 뒤를 힐끔힐끔 내다보았다.

우리는 먼저 쇼핑몰 근처에 있고 숙박비가 저렴한 콘리스 모텔에 들렀다. 모텔에는 실내 수영장과 워터슬라이드가 있었는데, 이곳에서 수영한 사람은 전부 무좀에 걸린다는 소문으로 악명이 높았다. 우리 누나는 초등학생 때 이곳에서 열린 생일 파티에 여러 차례 초대받았지만 어머니가 절대 가지 못하게 했다. 누나가 발에 물집이 뒤덮인 채로 돌아올까봐 너무 걱정스러웠기 때문이다.

그날 밤 모텔은 조용했다. 직접 운전하느라 피곤해진 여행객과 그레이하운드 버스를 타고 출발할 여행객 몇 명밖에는 없었는데, 산장처럼 생긴 로비에는 버스를 이용하는 손님을 위한 작은 터미널이 상시 운영되고 있었다. 이런 종류의 모텔은 늘 내 관심을 끌었다. 로비에 있는 사람들이 이곳에 워낙 짧은 시간 머물다보니 모텔 사업 전체가 낯선 사람 간의 일시적인 합의에 크게 좌우되었

쇼핑몰

다. 매일 밤 체크인과 체크아웃 때마다 성격이 바뀌는 투숙객 무리는 이러한 합의를 통해 한자리에 모여 있을 수 있었다. 끝없는 덧셈과 뺄셈의 게임 속에서 프런트와 관리 직원만이 유일한 상수로 남았다.

누구도 계획이 없었지만 흥미롭거나 기이한, 아니 어쩌면 둘 다인 무언가를 발견할지도 모른다는 기대에 모두 잔뜩 부풀어 있었다. 내 생각에 우리는 수영장에서 비키니 차림으로 수영하는 십대 소녀들을 우연히 마주치길 속으로 은근히 바랐던 것 같다. 완벽한 시나리오 속 그 소녀들은 다섯 명이었고, 각각이 우리 한 명 한 명과 성격이 딱 맞았다. 그 소녀들이 스피드 메탈을 좋아한다면 더더욱 좋을 테고. 그렇다면 내가 메탈 밴드 매스 어플릭션의 리듬 기타리스트이고, 우리가 최근 일렉트릭 바나나에서 몇 차례 공연했다는 사실을 은근슬쩍 흘릴 수 있을 터였다. 프런트 앞을 몰래 지나 수백 개의 문이 수백 개의 방으로 이어지는 긴 복도를 내달려 수영장에 도착했을 때 우리의 희망은 산산이 부서졌다. 우리 앞에 보이는 것이라곤 모

텔의 하와이안 라운지에서 받아 온 음료를 들고
수영장 옆의 빛바랜 선베드에 앉아 있는 한 쌍의
중년 커플뿐이었다.

"페어차일즈에 잠입하자." 프레드가 말했다.
"분명 파티가 열리고 있을 거야." 우리는 다시 나
폴리탄에 올라탔고, 자동차는 털털거리며 네온
불빛이 켜진 고속도로를 묵묵히 달렸다. 추웠다.
히터가 거의 작동하지 않았다. 프레드가 우리의
반응을 확인하려고 조수석에서 몸을 돌렸다.

"안 될 게 뭐 있어?" 내가 추워서 손바닥을 비
비며 말했다. "부자들이야말로 우리 친구들이
지." 찰리와 도니가 웃음을 터뜨렸다. 자동차 카
세트 플레이어에서 찰칵 소리와 함께 테이프가 뒷
면으로 넘어갔고, 스피커에서 〈Angel of Death〉

의 리프가 흘러나왔다. 마크가 볼륨을 높이자 뒷좌석 댄스 플로어에 다시 불이 붙었다.

페어차일즈는 먼로빌 전체가 내려다보이는 건물 최상층에 있는 레스토랑이었다. 건물 옆벽에 달린 레스토랑의 흰색 네온사인이 20세기 중반의 미국을 연상시켰다. 교외에 거주하는 부자들, 랍스터와 안심 스테이크와 포도주스 같지 않은 와인을 찾는 사람들을 위한 고급 식당이었던 이곳은 내 상상 속에서 늘 중요한 자리를 차지했다.

우리는 조용한 건물 로비를 지나 엘리베이터에 올라탔다. 마크와 프레드가 엘리베이터 한쪽에 몸을 밀착했고, 찰스와 도니와 나는 반대쪽에 붙어 섰다. 나는 이곳이 〈다이하드〉(1988)에 나오는 나카토미 플라자처럼 훨씬 화려할 거라고 상상했었다. 그러나 퀴퀴한 담배 연기 냄새가 공기 중에 맴돌았고, 로비를 비추는 누리끼리한 샹들리에는 전구가 여러 개 나가 있었다.

"분명 쫓겨날 거야." 찰스가 말했다.

"분명 만취할 거야." 도니가 말했다.

"난 둘 다 괜찮아." 내가 웃으며 말했다.

엘리베이터 문이 열리자 바닥부터 천장까지 이어진 레스토랑의 통유리창으로 먼로빌 전체가 내려다보였다. 먼로빌은 밤의 어둠 속에서 작은 도시처럼 희미하게 빛났다. 미라클 마일과 턴파이크의 가로등, 고속도로를 달리는 자동차들의 헤드라이트, 저멀리 언덕 위에 있는 가정집들의 불빛이 보였다. 건물 반대쪽에 있는 식당 테이블에 앉으면 쇼핑몰이 보일지, 멀리 지평선 너머로 피츠버그의 스카이라인이 반짝일지 궁금했다. 우리가 엘리베이터에서 내려 칵테일 라운지로 들어서자 옷을 깔끔하게 차려입은 손님 몇 명이 우리를 쳐다보았고, 턱시도를 입은 키 크고 우람한 남자가 우리를 맞이했다.

"얘들아, 오늘밤은 안 돼." 남자가 웃는 얼굴로

쇼핑몰

말하며 우리를 다시 엘리베이터에 태웠다. "비공개 행사중이거든." 남자는 우리와 함께 타고는 로비 층 버튼을 눌렀다. 문이 닫히면서 파티는 우리 앞에 나타났을 때만큼 빠르게 사라졌다. 편안한 재즈 음악과 사람들의 대화 소리는 더이상 들리지 않았다. 엘리베이터 안은 고요했다. 우리는 입을 꾹 다물고 있었다. 버튼의 불빛이 한 층씩 내려가는 것만 멀뚱멀뚱 바라보았다.

쇼핑몰이 문을 닫으면 우리의 사교 생활은 중심을 잃었다. 우리에겐 갈 곳이 없었다. 교외에서 우리에게 주어진 얼마 없는 선택지를, 우리가 늘 부딪치는 한계를 다시금 느꼈다. 우리는 새해 전날 부모님과 함께 집에 있기에는 나이가 너무 많았고 어른이 되기에는 너무 어렸다. 쇼핑몰에서는 우리의 경계가 더 명확했다. 우리는 우리의 모험이 어디서 시작하고 어디서 끝나는지 잘 알았다. 그러나 현실에서 그 선은 흐릿했다.

"행복한 새해 보내렴." 턱시도 입은 남자가 이렇게 말하며 로비를 지나 우리를 앞문으로 데려갔다. "조심히 다니고."

아버지는 금요일 밤마다 푸드코트 앞에 나와 친구들을 내려주면서 언제 도로 옆에서 파란 카프리스를 찾아야 하는지 일러주곤 했다. 다시 만나는 시간은 언제나 밤 아홉시였다. 아홉시는 보안 요원이 쇼핑몰을 배회하는 이들, 서로의 몸을 더듬는 십대 커플, 오락실에서 마리화나를 파는 중독자를 쫓아내는 사이 아버지가 다시 우리를 데리러 오는 시간이었다. 아버지는 내가 약속을 지키리라는 것을, 나도 집으로 돌아가고 싶을 테니 절대 늦지 않으리라는 것을 잘 알았다.

　나와 친구들은 아버지가 기어를 드라이브에 놓기도 전에 쌍여닫이문을 열고 건물 안으로 들어가서 무지갯빛 네온으로 쓰인 '트리츠Treats'라는 글자 아래 영원히 가동중인 에스컬레이터를 타고 아래층으로 내려갔다. 그리고 푸드코트를 장악한 노인들, 운동복과 피츠버그 미식축구 팀 스틸러스의 새틴 재킷, 벨루어 맨투맨 티를 걸치고 커피와 담배, 타코 벨의 음료 무한 리필로 연명하는 할아버지들 옆을 지나쳤다. 이들은 니코틴으로 착색된 치아를 드러낸 채 손목 보호대로 테이블 위를 두드리며 지나가는 사람들을 두고 이러쿵저러쿵 논평하는 그리스 합창단이었다. 어떤 사람은 건물 안팎에서 1년 내내 선글라스를 썼고, 어떤 사람은 네발 지팡이에 몸을 기대고 폐가 유리섬유로 뒤덮인 것처럼 숨을 거칠게 쉬었다.

친구들과 나는 목적지를 향해 푸드코트 안을 뚜벅뚜벅 걸었다. 유리 엘리베이터가 일층에서 이층으로 스르륵 올라갔다가 다시 내려오며 글래머 샷 사진관 앞의 교차로에서 푸드코트 한가운데로 남자와 여자, 아이들을 실어나르고 있었다. 우리는 스바로 피자와 토큰터키 레스토랑, 왓츠 유어 비프 햄버거 가게, 영업 종료 후 불이 꺼진 뒤에도 종종 갓 구운 쿠키 냄새가 남아 있던 미시즈필즈의 환한 진열장 앞을 지나쳤다. 두 쌍의 에스컬레이터가 만나는 J. C. 페니 앞의 중앙 광장에 도착한 우리는 통로를 가득 채운 인파 사이에 멈춰 섰다.

금요일 밤이면 언제나 피츠버그 동부 교외 곳곳에 사는 사람들이 미친 듯 쇼핑몰로 밀려들었고, 중학생과 고등학생 군단이 문을 넘어 쏟아져들어왔다. 처칠과 윌킨스버그, 펜 힐스, 플럼, 머리즈빌, 노스 베르사유 같은 쇼핑몰 부근 작은 마을에 사는 십대들이 중앙 통로와 푸드코트, 오락실, 주차장에 운집했다. 운동부 선수들은 머스탱과 타이거, 게이터와 인디언 같은 팀명을 어깨에 수놓은 학교 점퍼를 입고 거들먹거리며 복도를 돌아다녔다. 층 낸 머리카락을 깃털처럼 띄우고 이마에는 여드름이 가득하며 메기수염을 기른 호리호리한 남자애들은 앞에는 메가데스 단추, 뒤에는 뉴클리어 어설트의 패치가 달린 물 빠진 데님 재킷을 자랑스레 걸치고 오락실 근처에 무리 지어 서 있었다. 푸드코트의 분수대 근처에는 앞머리를 한껏 띄우고 금발로 탈색했으며 보라색 아이섀도를 칠한 여자애들이 딱 붙는 청바지와 소매 안이 다 비치는 흑백 블라우스 차림으로 모여 있었다. 이들 모두가 매분 매시간 쇼핑몰을 휩쓰는 인파의 물결 속을 떠다녔고, 이들이 뿜어내는 백색소음이 너무 커서 배경음악이 묻힐 정도였다. 심지어 사람들은 밖으로까지 쏟아져나왔다. 자동차광들은 주차장에서 사람들의 관심을 한몸에 받으며 복원한 쉐보레 노바와 엘 카미노, 커틀러스의 엔진을 돌렸고, 그들의 머리 위로 담배 연기가 배기가스처럼 떠 있었다.

기술로 훼손되지 않은 풍경이자 아직 디지털화되지 않은 사회 연결망의 모습이었다. 쇼핑몰은 인터넷이 존재하기 전의 인터넷이었고, 아날로그 시대에 온갖 재미있는 것을 모아둔 호기심의 방이었다. 나는 주변에서 펼쳐지는 더 거대한 세계를 흡수하기 위해, 내가 간절히 원했던 문화를 빨아들이고 내가 목격한 사람들을 이해하기 위해 쇼핑몰에 갔다. 쇼핑몰은 흥미로운 음악과 록 밴드를 발견해 그 안에 푹 빠져드는 곳, 〈메탈 매니액스〉와 〈RIP〉 〈서커스〉 같은 잡지를 탐독하는 곳이었다. 쇼핑몰은 앨런 무어의 『워치맨』과 프랭크 밀러의 『다크 나이트 리턴즈』처럼 월든북스의 뒤쪽 선반에 꽂혀 있던 그래픽 노블을 내가 처음 발견한 곳이기도 했다. 쇼핑몰은 내가 '던전 앤 드래곤' 설명서에 그려진 세계로 도망쳐 들어가던 곳이었다. 기사나 오우거, 워록 역할을 맡은 적도, 실제로 그 게임을 해본 적도 없었지만 말이다. 그리고 쇼핑몰은 내가 처음으로 여자애들을 주목하기 시작한 곳이었다.

첫 키스

그해 8월, 부엌에서 전화벨이 울렸을 때 수화기에서 세샤의 목소리가 들릴 거라곤 예상하지 못했다. 우리는 방학이 시작된 이후로 대화를 나눈 적이 없었다. 통화는 짧았다. 세샤는 내일 쇼핑몰에서 만날 수 있느냐고 물었다. 그곳에 갈 예정인데 나를 보고 싶다면서. 나는 내일 만나자고 말했고, 우리는 전화를 끊었다. 아직 운전할 수 있는 나이가 되지 않아 누나에게 태워달라고 부탁해야 했다. 누나는 웨이트리스로 일하는 미스터 스테이크로 출근하는 길에 나를 내려주기로 했다.

다음날 세샤의 언니가 일하는 오락실인 틸트 앞에서 세샤를 만났고, 우리는 몇 시간 동안 쇼핑몰 안을 걸어다녔다. 그리고 혼 백화점에서 엘리베이터를 탔다. 보석과 화장품을 파는 매장 사이를 걷다가 세샤가 가지고 싶어하던 립스틱을 하나 사주었다. 세샤는 카운터 직원에게 먼저 바르고 나온 립스틱을 닦을 수 있도록 티슈를 한 장 달라고 부탁했다. 나는 세샤가 작은 거울을 들여다보며 입술에 힘을 주고 새로운 색상의 립스틱을 바르는 모습을 지켜보았다. 립스틱을 다 바른 세샤는 시향할 때 쓰는 작고 하얀 종이에 키스 자국을 남기고는 명함처럼 내게 건넸다.

"친절한 선물 고마워." 세샤가 말했다.

가구 전시장에서 소파에 함께 앉아 대화를 나누며 우리가 있는 공간의 인테리어에 따라 다른 인생을 사는 척 연기했다. 조잡한 기하학무늬 천을 씌운 이인용 소파에 다리를 쩍 벌리고 앉았을 때는 시끄럽고 불쾌하게 굴고, 심리학자의 사무실로 배달될 것만 같은 검은색 가죽소파 위에서는 조용하고 교양 있게 처신하는 식이었다. 마지막에 앉은 소파에서 세샤는 내 한쪽 손을 붙들고 자기 무릎 위로 가져간 다음 이야기하는 내내 내 손가락을 만지작거렸다. 세샤가 입은 청바지는 하얀색 주머니가 밑단 아래로 살짝 드러나는 짧은 쇼트 팬츠였고, 내 손등은 세샤 허벅지의 따뜻한 피부에 닿았다. 그렇게 세샤와 나란히 앉아 있으니 이상했다. 우리는 방학 이후 거의 세 달간 만나지 않았지만 마치 커플처럼 행동하고 있었다.

틸트로 세샤를 바래다주는 길에 우리는 손을 잡았다. 몇 주 뒤면 개학이었다. 우리는 잡담을 나누며 담임 선생님이 누굴지, 어떤 과목을 듣고 싶은지 이야기했다. 나는 학교로 돌아갈 날이 그리 기다려지지 않았다. 틸트에 도착하자 안쪽에서 세샤의 언니가 보였다. 세샤의 언니는 수많은 상품이 색색의 플라스틱통에 가지런히 정리된 유리 진열장 뒤에 서 있었다. 십대들은 스트리트 파이터와 모탈 컴뱃 게임기 근처에 우르르 모여 있었고 화면 불빛으로 얼굴이 하얗게 빛났다. 내가 돌아서서 막 떠나려는 순간 세샤가 가까이 다가와 내 입술에 키스했다. 나는 깜짝 놀랐고, 몸이 부르르 떨리는 것 같았다. "이따가 밤에 전화해." 세샤는 싱긋 웃으며 말하고 오락실 안으로 사라졌다.

쇼핑몰 의식

티셔츠는 침실 바닥에 똘똘 말려 있고, 왼팔 부분은 천장으로 쭉 뻗어 있다. 나는 머릿속으로 숫자를 센다. 하나, 둘, 셋, 넷, 다섯, 여섯. 하나씩 올라가는 숫자에 맞추어 디오더런트를 한 번씩 덧바른다. 일정하게 발리지 않으면 처음부터 다시 시작해야 했다. 디오더런트 스틱이 들어 있는 플라스틱통 가장자리에 피부가 긁힌다거나, 이번 숫자에는 좀 길게 바른 것 같다거나 하면 말이다. 숫자가 중간에 끊길 때면 나는 초조해하며 제대로 마칠 때까지 반복한다. 이건 하나의 의식이었고, 이 의식에는 정해진 순서가 있었다.

집 앞에서 에드워드가 모는 금색 셰베트의 엔진이 덜덜거리는 소리가 들릴 때면 이미 우리집 개를 막을 수 없었다. 내 침대 발치에서 낮잠을 자다 깨어난 켈리는 벌써 울부짖고 있었고, 켈리의 탁한 우윳빛 눈과 잿빛 주둥이가 천장을 가리키는 사이 목덜미의 털은 바짝 서 있었다. 에드워드가 운전대 한가운데에 있는 경적을 쾅쾅 내리치자 둔탁하고 낮은 빵빵 소리가 연이어 들려왔다.

"금방 나가." 나는 집 뒤쪽에 있는 내 침실 창문으로 소리쳤다. 켈리가 소음의 정체를 확인하려고 방에서 달려나갔다. 시야 한쪽 끝으로 침대에서 뛰어내리는 켈리의 모습이 보였고, 켈리가 원목마루 위로 발톱을 탁탁 부딪치며 거실을 지나가는 소리가 들렸다. 현관에 도착한 켈리가 또다시 울부짖었다. 에드워드와 나는 케이마트에서 스프레이 물감을 슬쩍한 다음 쇼핑몰 푸드코트에서 타코를 먹을 예정이었다. 우리가 일주일에 몇 번씩 치르는 의식이었다. 아무리 반복해도 절대 질리지 않는 의식. 나는 쇼핑몰 나들이 덕분에 이 집에서, 내 방에서 나갈 수 있었다. 그리고 점차 이 시간에 의존하게 되었다.

화장실로 달려가 따뜻한 물로 수건을 적시고 양쪽 겨드랑이에 묻은 하얗고 커다란 디오더런트 자국을 닦아냈다. 처음부터 다시 시작해야 했다. 하지만 피부가 쓸려서 따가웠고, 에드워드가 집 앞에서 기다리고 있었다. 이마에 땀이 맺히기 시작했다. 에드워드가 집안으로 들어와서 이 짓거리 중인 나를 발견하는 것만큼은 절대 피하고 싶었다. 그건 너무 창피해서 견딜 수 없었다. 발가벗은 나의 상체, 이두근부터 가슴뼈 위까지 죽죽 그어진 빨간 선을 들킬 터였다. 에드워드는 내게 강박장애가 있다는 걸 알았다. 친구들 모두가 알았다. 하지만 친구들에게 내 강박장애는 농담에 가까운 단순한 기벽일 뿐이었다. 내 기벽은 종종 개그로 사용되었다. 나는 이 장애가 내 심신을 얼마나 갉아먹는지 굳이 설명하려 하지 않았다.

침실로 돌아와 타협을 선택했다. 머릿속으로 셋까지 셌다. 하나, 둘, 셋. 이걸로도 충분해야 했다. 내가 매일 아침 먹는 항우울제, 즉 세로토닌 재흡수 억제제 혼합물 덕분에 내 뇌는 간편한 길을 택할 수 있었다. 하지만 이렇게 루틴을 변경할 때면 늘 마음이 불편했다. 내 몸을 문밖으로 밀어내려면 재앙 같은 사건이 발생하지 않으리라는 믿음이 필요했다. 오래된 흑백 반스 운동화의 끈을 묶고 가장 아끼는 옷이 된 청록색 후드를 걸쳤다. 현관으로 뛰어나가는 길에 켈리의 머리를 쓰다듬어 준 뒤 에드워드의 셰베트를 향해 앞마당을 성큼성큼 내달렸다.

쇼핑몰에서 찾은 우정과 평화를 제외하면 지난해는 우리 가족 모두에게 힘든 시간이었다. 고등학교 1학년 때부터 내 기분과 심리상태가 달라지기 시작했다. 혼자 있는 시간이 많아졌고 수면 시간이 길어져 아침에 일어날 수가 없었다. 벌컥 화를 내거나 주위 사람에게 끊임없이 짜증을 부리는 등 평소 성격과 다른 행동을 자주 했다. 그러나 그 중에서도 가장 극적인 변화는 갈수록 이상해지는 일련의 강박 행동이었다. 문이 잠겼는지 거듭 확인했고, 과도하게 손을 씻었다. 발걸음 수를 빠짐없이 셌고, 심지어 내가 말할 때마다 누군가의 기분을 상하게 할지도 모른다는 걱정이 나를 압도했다. 미칠 것만 같았다.

나는 이런 행동을 고찰하며 그 원인을 추적해보곤 했다. 어린 시절 늘 발걸음 수를 세며 숫자에 걸음걸이를 맞췄던 것이 떠올랐다. 세 걸음이나 네

걸음씩 걸었고, 보도의 갈라진 틈을 피해 돌아갔으며, 계단은 한 번에 두 개씩 올랐다. 그건 평범한 행동이었을까, 아니면 막 발달하기 시작한 의식이었을까? 숫자대로 걷지 못하면 나쁜 일이 일어날지도 모른다고 생각했다. 그건 조용하고 형태를 완전히 갖추지 않은, 막연한 두려움이었다. 십대가 되자 두려움은 몸집을 키웠고, 내 머릿속에서 커다랗고 뚜렷한 형태를 갖췄다. 나는 종종 리전시 파크로 이사한 뒤 두번째 맞이한 어느 여름날 오후로 돌아가곤 했다. 그날 로버트 마가로는 신문을 배달하던 나를 사정없이 두들겨팼다. 내가 뒤에서 자기를 놀렸기 때문이라고 말했다. 사실이 아니었지만 그건 중요치 않았다. 그해 여름, 마가로는 나를 공포에 떨게 했다. 나를 뒤쫓았고, 또 패겠다고 위협했으며, 모두에게 나를 만나면 가만두지 않겠다고 말하고 다녔다. 그 이후로 내가 누구에게 무슨 말을 어떻게 했는지 강박적으로 집착하기 시작했다.

부모님은 나의 변덕스러운 행동과 심상치 않은 새 습관을 걱정했다. 몇 달간 버틴 끝에 결국 웨스

턴 정신의학연구소에서 진찰을 받기로 했다. 크리
스마스를 몇 주 앞둔 1992년 12월, 나는 심각한 우
울증과 강박장애를 공식으로 진단받았다. 이로써
부모님의 두려움에 근거가 있었다는 사실이 증명
되었다. 내게 정말로 문제가 있었던 것이다.

묵묵한 쇼핑몰의 존재가 내 삶에 질서를 부여했
다. 푸드코트에서 풍겨나오는 부드러운 프레첼 냄
새가 뇌 속에 도파민을 일으켰고, 발밑의 대리석
바닥이 일시적으로나마 안정감을 주었다. 익숙하
고 예측 가능한 환경이었다. 혼 백화점의 랜드마
크인 대형 분수대 앞에서 푸른빛 물줄기가 하늘로
솟구치는 광경을 바라볼 때면 명상을 하듯 차분해
졌고, 매장 뒤로 동맥 조직처럼 퍼져 있던 비밀 복
도를 달릴 때면 행복감이 밀려들었다. 그렇게 쇼

쇼핑몰

핑몰은 내가 기댈 수 있는 여러 의지처를 제공했다. 내가 강박과 의식에서, 점점 더 나를 괴롭히던 힘겨운 생각에서 한발 물러날 수 있는 곳이었다. 쇼핑몰에서는 단 몇 시간이나마 보통의 십대가 된 것 같은 기분이 들었다.

9. 풋풋한 사랑

"거기 멍청이 둘, 여기서 뭐 해?" 미셸이 우리를 보고 반가워하며 물었다. 쇼핑몰 위층, 카우프만 백화점 앞 중정에 있던 시계탑 근처에서 미셸이 나와 찰스 앞에 섰다. 복도를 이리저리 배회하던 중에 우연히 미셸을 만난 것이었다. 미셸은 나보다 두 살 많은 열아홉 살이었고, 펜실베이니아에 있는 인디애나대학교의 신입생이었지만 주말을 맞아 집으로 돌아와 있었다. 그날 밤에는 여름방학 동안 할 아르바이트를 알아보러 쇼핑몰에 온 참이었다.

"말 그대로 아무것도 안 하고 있어." 나는 우리가 지금 얼마나 따분한지 강조하려고 눈을 커다랗게 치켜뜨고 말했다. "진짜로."

193

"그러면 내가 아르바이트 찾는 것 좀 도와줘." 미셸이 말하며 웃자 양볼에 작은 보조개가 드러났다. "제발 나 혼자서 하라곤 하지 마." 갈색 눈동자와 도톰한 입술이 인상적이었고, 풍기는 분위기도 매력적이었다.

1994년 5월의 금요일 밤이었다. 쇼핑몰은 사람들로 바글바글했다. 찰스와 나는 미셸과 함께 지원서를 받으러 컨템퍼와 갭에 들렀다가 늘 아르바이트 자리가 있는 푸드코트로 향했다. 스바로에서 카운터를 사이에 두고 미셸과 절박한 표정을 지은 호리호리한 백발 남자가 마주서 있었다. 그 남자는 매니저였다. 매일같이 타코 벨 근처 테이블에 앉아 콩 부리토와 무료 리필로 연명하던 시절이 있었기에 나도 그 남자를 알아보았다. 남자가 활기차게 팔을 흔들며 이야기하는 동안 솔처럼 빳빳해 보이는 짧은 콧수염이 그가 말하는 박자에 맞춰 위아래로 흔들렸다. 남자가 신청서를 손에 쥐고 걸어나오는 미셸의 뒷모습을 기대 어린 눈빛으로 바라보았다.

"흐어." 미셸이 찰스와 내가 앉아 있는 푸드코트 테이블로 걸어오면서 작게 속삭였다. "당장 나를 카운터에 밀어넣고 일을 시킬 태세였어." 미셸이 지원서에 이름과 사회 보장 번호를 적어넣는 동안 우리는 대화를 나누었다. 지원서는 하도 여러 번 복사해서 어떤 단어는 아예 알아볼 수 없었고 빈 줄의 선은 구불거렸다. 찰스가 타코를 주문하러 갔을 때 나는 미셸에게 대학은 어떠냐고 물었다. 집에서 멀어지면 학교생활이 더 할 만할지 궁금했다.

미셸은 고등학교에서 만났다. 친구들이 서로 겹쳤다. 그러나 수위 아저씨들이 테이블을 접어서 옆으로 옮겨둔 급식실에서 크리스마스 댄스파티가 열렸을 때 한 번 춤춘 것을 제외하면 우리는 딱히 대화를 나눈 적이 없었다. 하지만 나는 미셸을 의식했다. 붉게 염색한 머리를 짧은 단발로 자른 미셸은 몰라보기가 힘들었다. 미셸은 낙농장과 목초지 사이에 놓인 거대한 학교 건물 복도에서 늘 존재감을 뽐냈다. 친구들과 함께 복도를 걷는 미셸은 언제나 즐거워 보였다. 바이얼런트 팜과 레몬헤즈, 모리시, 소닉 유스 등 미셸이 모은 콘서트 티셔츠도 늘 내 흥미를 자극했다.

미셸은 예술가 유형, 스케이트보더, 여자 고스족, 헤비메탈광들이 느슨하게 모인 무리에서 모두와 친하게 지냈다. 미셸의 처세술은 감탄스러울 정도였고, 내가 세상을 대하는 방식과는 전연 달랐다. 나는 데이트하고 싶은 사람을 상상할 때 머릿속에 미셸을 떠올리곤 했다. 미셸은 다정하고 재미있고 독립적이면서도 전혀 가식적이지 않았다.

"이제 너희는 어디로 갈 거야?" 미셸이 빈칸을 채운 지원서를 반으로 접으며 물었다.

"난 집에 가야 해." 찰스가 반사적으로 자신의 길고 검은 머리카락을 귀 뒤에 꽂으며 말했다. "맷은 갈 데가 없고."

"고마워." 내가 말했다. "덕분에 하나도 안 한심해 보이네."

"내 친구가 오클랜드에 있는 카네기 멜런에서 파티중인데." 미셸이 말했다. "생각 있으면 나랑 같이 들를래?"

"좋지." 초대에 들뜬 목소리로 내가 대답했다.

미셸은 푸드코트에서 나오는 길에 스바로의 카운터에 있는 호리호리한 백발 남자에게 지원서를 건넸다. 우리는 일층 에스컬레이터에 도착해 천천히 이층으로 올라갔고, 머리 위의 무지갯빛 네온 사인이 난로의 불빛처럼 타올랐다. 올라가는 길에 두 제이슨이 보였다. 나보다 나이가 많고 콧수염이 난 이 이인조는 종종 내게 시비를 걸었다. 옆을 지나가면서 둘 중 한 명이 언제나처럼 입 모양으로 "꺼져, 이 동성애자 새끼야"라고 말했다. 나는 늘 그렇듯 웃는 얼굴로 손을 흔들었다. 우리는 위층에서 찰스와 헤어졌다. 미셸과 나는 대화를 나누며 주차장으로 걸어나왔고, 키 큰 가로등 불빛이 우리를 환하게 비추었다.

✳

미셸을 만났을 때 나는 먼로빌의 펜실베이니아 턴파이크 근처에 있는 홀리데이 인에서 일하는 중이었다. 내 업무는 호텔 안에 있는 치틴 하트 설룬이라는 이름의 단란주점 부엌에서 설거지를 하는 것이었다. 그곳은 사회에서 밀려난 교외 주민들이 찾는 허름한 술집이었다. 취객들이 맥주에 찌든 마이크를 붙잡고 가스 브룩스와 클린트 블랙의 노

쇼핑몰

래를 불렀고, 남녀 모두가 쇼핑몰에서 산 것 중 가장 멋진 표백 청바지를 걸치고 있었다. 호전적인 알코올중독자들이 끊임없이 드나들었고, 주머니 사정이 나쁜 요리사들이 지나치게 비싼 안주를 만들어 팔았다. 보람 없는 밑바닥 일자리였다. 나는 이 일이 보수가 좋거나 창창한 미래를 약속해서 하는 것이 아니었다. 내가 더러운 접시를 닦은 것은 약속을 지키기 위해서였다.

1994년 3월, 나는 부모님과의 합의하에 고등학교를 자퇴했다. 그러나 여기에는 두 가지 조건이 있었다. 하나는 아르바이트를 찾을 것, 다른 하나는 고등학교 검정고시를 준비할 것이었다. 그래서 이학년이 끝나갈 무렵, 열일곱번째 생일을 보내고 두 달이 지났을 때, 나는 학교를 관두었다. 무모하다기보다는 현실적인 결정이었다. 일학년 때부터 심각한 우울증과 강박장애로 일상이 크게 흔들렸다. 여기에 선생님들과의 극심한 불화, 정학, 다른 학생들과의 다툼, 경찰과의 충돌, 잦은 결석이 더해져 성적이 회복할 수 없을 만큼 엉망이 되었다. 나는 어렸고 어찌할 바를 몰랐으며, 당시에는 학교에서 도망치는 선택이 마법처럼 어떻게든 모든 문제를 해결할 가능성보다 더 현실적으로 느껴졌다.

놀라울 만큼 보수가 적긴 했지만 호텔 일자리는 내 일상의 기본 뼈대가 되었다. 거의 매주 금요일과 토요일을 포함해서 일주일에 삼사일씩 일했고, 대개 자정 직전에 귀가했다. 아침에는 보통 늦게 일어나서 항우울제 부작용인 위산 역류를 가라앉히기 위해 러키 참스 시리얼을 먹고 기타를 몇 시간 치고 머리가 아플 때까지 만화를 봤다. 근무 시간 전 짧은 틈 사이에 가끔 하교하는 친구들의 모습을 목격하기도 했다. 기분이 좋은 날에는 학교를 빼먹은 친구들과 다 같이 놀았다. 그럴 때면 시내에 있는 서점 아이데스에 가서 카세트테이프와 만화책을 샀는데, 내가 학교를 그만두기 전부터 이어진 우리만의 의식이었다. 근무가 없는 날 밤이면 근처 커뮤니티 칼리지에서 검정고시 수업을 들었다. 담당 선생님은 현금이 필요해서 부업을 뛰고 있을 뿐 자신이 가르치는 학생들의 장래에는 아무 관심이 없어 보였다.

홀리데이 인에서 설거지를 하거나 커뮤니티 칼리지의 교실에 갇혀 있지 않을 때는 쇼핑몰에 갔다. 살면서 그렇게 많은 시간을 쇼핑몰에서 보낸 적이 없었다. 중앙 통로를 걷고, 매장 뒤의 비밀 통로로 빠져나가고, 약간의 통제감을 얻기 위해 가지고 싶은 물건은 뭐든 훔쳤다. 때로는 친구들과 함께였지만 보통은 나 혼자였다. 내 삶이 혼란에 빠진 와중에도 쇼핑몰만은 변함없이 그대로였고, 일터나 부모님 집의 지하실 외에 내가 도망칠 수 있는 장소였다. 자퇴는 처음부터 다시 시작할 기회였지만 한편으로 이 결정은 내 마음을 무겁게 짓눌렀다. 나는 홀리데이 인에서 그릇을 닦는 고등학교 중퇴자였다. 내가 끔찍한 실수를 저질렀을지도 모른다는 생각이 들었다.

＊

미셸이 할머니에게 빌린 회색 뷰익 스카이라크를 리전시 파크에 있는 우리 부모님 집 앞에 주차한 것은 자정이 지나서였다. 따뜻하던 봄 공기가 서늘해져 있었고, 근처 가로등 불빛이 앞마당의 이슬 맺힌 잔디를 환하게 비추었다. 카네기 멜런에서 열린 파티는 우리가 떠날 때도 계속되고 있었다. 그러나 나는 다음날 아침 출근해야 했고, 미셸은 할머니의 차를 반납해야 했다.

엔진을 끄자 차 안이 고요했다. 나는 미셸에게 뭐라고 말해야 할지, 나를 초대해준 고마움을 어떻게 표현해야 할지 고민하고 있었다. 바보처럼 보이고 싶지는 않았지만 미셸과 시간을 보낸 지금

쇼핑몰

이 지난 몇 달 중 가장 기분이 좋았다. 미셸의 재미 있고 느긋한 태도 때문만은 아니었다. 우리 사이 에는 내가 나답게 존재할 수 있는 어떤 가벼움이 있었다. 어깨의 짐을 내려놓은 느낌이었다. 미셸 을 보내고 싶지 않았다.

"잠깐 들어왔다 갈래?" 내가 초조해하며 물 었다.

"그래." 미셸이 웃는 얼굴로 말하며 차 열쇠를 뽑았다. "하지만 할머니가 날 죽이기 전에 금방 돌 아가야 해."

차 문을 닫고 나서 우리는 키 큰 소나무 그늘 밑 에 섰다. 미셸이 내 쪽으로 걸어왔고, 나는 가까 이 다가가 몸을 기울여 미셸에게 키스했다. 미셸 은 순간 멈칫했다가 두 손으로 내 볼을 감싸쥐었 다. 우리는 키스를 마치고 잠시 서로를 바라보았 다. 설명할 수 없는 무언가가 벌어지고 있었다. 미 셸의 손을 잡고 앞마당을 지나 집으로 걸었다. 잠 든 가족이 깨지 않도록 조심스레 현관문을 연 뒤 안으로 들어갔다. 부엌 불이 켜져 있었고, 부모님 침실에서 낮게 웅웅대는 텔레비전 소리가 들렸다.

우리는 싱크대 쪽으로 걸어가서 함께 포마이카 조리대에 기대섰다.

"목말라?" 내가 물었다. "오렌지주스 마실래?"

"좋지." 미셸이 말했다.

나는 냉장고 문을 열어 트로피카나 주스 팩을 끄집어내고 머리 위 찬장에서 작은 유리잔 두 개를 꺼냈다.

"과육 함량 증가." 내가 주스 팩에 굵은 글씨로 적힌 문장을 따라 읽었다.

"이야." 미셸이 말하며 키득키득 웃었다.

우리는 부엌에 서서 오렌지주스를 마시며 과육이 너무 많아 앞니로 걸러내야 할 판이라고 농담을 했다. 뒷방에 있던 켈리가 우리 대화 소리를 듣고 감시견의 의무를 다하러 나타났다. 평소보다 움직임이 느렸지만 새로운 인물이 궁금한 모양이었다. 켈리는 조심스레 우리와 인사를 나눴고, 미셸은 무릎을 꿇고 앉아서 켈리의 정수리에 난 갈색과 검은색 털을 부드럽게 쓰다듬었다. 미셸이 떠나기 전까지 우리는 몇 분 더 대화를 나누었고, 켈리는 우리를 번갈아 올려다보았다. 몇 년 만에 처음으로 온전해진 기분을 느꼈다.

요즘도 가끔 식료품점의 환한 냉장고 앞에서 과육이 든 오렌지주스를 볼 때면 우리가 만난 그 첫날밤이 생각난다. 주로 퇴근길에 미셸이 문자를 보내 두 아들이 점심으로 먹을 음식을 사 오라고 부탁한 이후다. 내가 주로 고르는 건 사과와 바나나, 요구르트, 스트링 치즈다. 하지만 가끔은 오렌지주스를 찾으러 가기도 한다. 과육은 없는 걸로.

10. 귀향

등뒤로 쇼핑몰 자동문이 닫히자 음악소리가 더 커진 것처럼 느껴졌다. 주변을 오가는 낯선 사람들의 움직임 뒤로 척 맨지오니의 〈Feel So Good〉을 디지털화한 곡이 흘러나오고 있었다. 박자에 맞춰 걷는 사람도 있고, 다른 주파수와 연결된 듯 보이는 사람도 있었다. 일렬로 늘어선 자판기와 색색의 상품이 들어찬 뽑기 기계를 지나 내가 멈춰 선 곳은 메이시스 백화점 앞에 있는 광장이었다. 남자와 여자, 여자와 여자, 남자와 남자가 둘, 셋, 넷씩 모인 무리가 채광창으로 쏟아지는 햇볕을 쬐며 쇼핑몰 산책로를 걷는 모습을 바라보았다. 이들은 쇼핑하는 중이 아니었다. 쇼핑몰은 아직 개장하지 않았다. 이들은─대리석 바닥 위의 보이지 않는 길을 따라—몇 킬로미터씩 돌고 도는 쇼핑몰 산책자였다. 동기는 다르지만 그날 아침 내가 이끌리듯 쇼핑몰을 찾은 이유도 일종의 의식을 치르기 위해서였다.

2009년 6월이었고, 잡지 편집자 일자리를 잃은 다음날이었다. 짧은 전화통화로 내 자리가 더이상 존재하지 않는다는 사실을 알게 되었다. 그 소식을 들었을 때 나는 미셸 그리고 두 살 난 아들과 함께 펜실베이니아 로럴 하일랜즈에 있는 오두막집에서 휴가를 보내는 중이었다. 내가 일하던 회사는 전년도 10월에 주식시장이 붕괴된 이후 계속 직원을 해고하고 있었다. 두 차례의 인원 삭감에서 살아남았지만 결국 내 차례가 찾아온 것이었다. 그날 아침 쇼핑몰에 도착하기 전, 전 직장에 들러 내 자리를 정리하기 위해 서쪽으로 64킬로미터를 달렸다.

내가 도착한 것은 오전 일곱시가 되기 직전인 이른 아침이었고 사무실은 텅 비어 있었다. 머리 위의 형광등 천여 개가 웅웅거리는 소리 말고는 건물 안에 아무 소리도 들리지 않았다. 내 책상에 빈 상자가 여러 개 쌓여 있었지만 나머지는 떠나기 전 그대로였다. 건물 입구부터 내 자리까지 나와 동행한—그 과정에서 내가 쓰던 업무용 노트북과 핸드폰, 보안 열쇠를 압수했다—인사과 직원 샌디가 고개를 한쪽으로 꺾고 안타깝다는 표정을 지으며 말했다. "천천히 하세요. 십 분 뒤에 다시 올게요."

개인 소지품과 몇 가지 업무 관련 기념품을 빼면 그다지 챙길 만한 물건이 없었고, 이윽고 나는 갈데없이 차로 돌아왔다. 조수석에는 사진을 넣은 액자와 아들이 그린 그림, 어느 해인가 크리스마스 선물로 받은 연필꽂이, 피츠버그대학교 졸업장을 욱여넣은 해머밀 종이 상자가 파묻혀 있었다. 뒷좌석에는 상자가 더 많았다. 하나는 아들 카

시트에 꽂혀 있고 다른 하나는 바닥에 놓여 있었다. 상자 하나하나에 5년간 모인 추억—서류, 보도 자료, 기자 출입증을 비롯한 온갖 자질구레한 물건—이 들어 있었다. 이 모든 것이 내 혼다 시빅 안에 있으니 어색하게 느껴졌다.

그날 아침, 본능에 이끌려 먼로빌로 향했다. 볼일이 있어서도, 마구잡이로 돈을 쓰고 싶어서도 아니었다. 나는 무언가를 찾고 있었다. 내가 속할 장소, 그게 아니라면 적어도 내가 한때 속했던 장소를 찾고 있었다. 그날 아침 그 모든 일을 겪고 나자 안정감을 느끼고 싶었고, 어린아이였을 때 쇼핑몰에서 느꼈던 그 마법을 되찾고 싶었다. 지금도 그때와 같은 경이감을 느낄 수 있을지 확인하고 싶었다.

1956년, 레이철 카슨은 "어린아이의 세계는 생생하고 새롭고 아름다우며, 경이와 흥분으로 가득하다"라고 말했다. "그처럼 맑은 시각이, 아름답고 경이로운 것을 감지하는 그 참된 본능이 우리 대다수가 성인이 되기 전에 흐릿해지거나 아예 사라진다는 것은 무척 불행한 일이다."[1]

십대 때 혼란스러운 시기를 지나며 내 맑은 시야가 흐릿해졌다면, 어른이 되어 업무의 부담을 떠안고부터 그 시야는 완전히 소진되었다. 쇼핑몰에서 그때로 돌아가는 것이 과연 가능할지 궁금했다. 익숙한 공간을 다시 찾으면 한때 느꼈던 기쁨과 호기심을 되살릴 수 있을까?

내가 쇼핑몰에 느끼는 감정은 늘 수량화하기 어려웠다. 영화 〈시체들의 새벽〉에서 쇼핑몰을 발견하고 그 안에 몸을 숨길 수 있다고 판단한 네 주인공은 내부를 살펴보기 위해 쇼핑몰 지붕 위로 헬리콥터를 착륙시킨다. 서로 사랑하는 사이인 스티븐과 프랜신은 입구를 찾다가 채광창을 통해 중앙 통로와 산책로를 느릿느릿 걸어다니는 좀비들을 내려다보며 친밀한 대화를 나눈다.

"뭐 하는 거지? 여긴 왜 온 걸까?" 프랜신이 묻는다.

"일종의 본능. 과거에 했던 행동을 기억하는 거야." 스티븐이 대답한다. "여기가 자기 삶에서 중요한 장소였던 거지."

중앙 통로에 늘어선 매장―풋 로커와 배스 앤드 바디 워크스, 핫 토픽, 빅토리아 시크릿 등등―의 점원들은 아직 셔터를 올리고 있었고 그들 머리 위로 형광등이 줄줄이 켜졌다. 걷다가 불이 들어온 매장 전면의 창문으로 그림을 하나 발견했다. 울창한 계곡에 있는 소박한 오두막집 그림이었다. 집 뒤로 멀리 산맥이 뻗어 있고, 주황색과 진홍색으로 물든 나뭇잎이 계절의 변화를 드러냈으며, 전경에는 개울이 흐르고 있었다. 전국 수백 개 쇼핑몰의 상주 예술가인 토머스 킨케이드가 그린 이 작품은 결코 고급 예술이 아니었다. 그러나 그 그림을 바라보고 있으니 어느새 차분함이 밀려들었다. 지금까지 살면서 쇼핑몰에서 느꼈던 이상하고도 예기치 못한 평화의 순간들이 다시 한번 떠올랐다. 어렸을 때 엄마와 아빠의 손을 잡고 이곳 복도를 처음 걷던 날부터, 십대 시절 실내에서 돌고 도는 쇼핑몰의 공기를 마시며 보낸 끝없는 나날에 이르기까지. 그러나 이제는 그 모든 순간이 정말로 있던 일 같지 않았다. 있었다 해도 지금의 나 자신과는 너무 멀리 떨어져 있어서 더이상 현실처럼 느껴지지 않았다.

며칠 뒤 술집에서 친구 마이크에게 쇼핑몰 산책자에 관한 단편영화를 만들고 싶다고 말했다. 노인들과 퇴직자들 그리고 중산층 어머니들이 매일 아침 쇼핑몰 아래위층을 돌며 걷다가 때때로 멈춰서 수다를 떨고 커피를 마시는 그 모든 양상이 어떻게 한 편의 매혹적인 안무처럼 구성되는지, 그 의식이 다음날 어떻게 처음부터 다시 반복되는지 이야기했다. 나는 그 의식에 깊이 발 담그고 싶었

215

고, 내가 경험한 그 순간에 어떻게든 의미를 부여
하고 싶었다.

　마이크와 나는 오랜 시간, 특히 술이 들어가면
머릿속에만 품어온 공상을 입 밖으로 꺼내곤 했
다. 우리의 계획은 원대했다. 마이크는 1990년대
힙합 음악의 유명 가사를 넣어 티셔츠 시리즈를
만들겠다며 한참을 주절대다가, 또 잠시 후에는
구하기 힘든 희귀 브랜드의 신발만 취급하는 신발
가게를 열겠다며 즐거운 희망을 품었다. 그러나
혈중 알코올 농도가 올라가면 우리는 자기 성찰에
빠져들었고, 아이디어를 실현할 확고한 계획이
하나도 없다고 실토했다. 그러나 이번엔 달랐다.
나는 이제 아무 책임 없는 십대도, 잃을 것이 별로
없는 사회 초년생도 아니었다. 나는 서른두 살이

었고, 남편이자 아버지였으며, 한심한 실직자였다. 다시 살아갈 방법을 배워야만 했다.

내 삶이 달라지는 동안 쇼핑몰도 달라졌다. 어린 시절 내 상상력을 자극하던 열대 정원과 분수, 화산암 폭포는 사라지고 없었다. 이제 중앙 통로에는 그 대신 치아 미백 부스와 프로액티브 애크니 솔루션 키오스크가 드문드문 흩어져 있었다. 얼음궁전 아이스링크도 사라지고 없었다. 토요일마다 아버지를 따라 종종 아이스링크에 가서 사람들이 링크를 빙빙 도는 모습을 구경하곤 했는데, 우리가 직접 빙판 위에 올라간 적은 한 번도 없었다. 이곳은 영화 〈플래시댄스〉(1983)에서 지니 사보가 로라 브래니건의 히트곡 〈Gloria〉에 맞춰 스케이트를 타다가 연달아 넘어지며 피겨스케이팅 선수의 꿈이 깨지고 마는 안타까운 장면을 주인공 알렉스 오언스가 지켜보는 곳이기도 하다. 허공에 우뚝 솟아 있던 국가 시계도 풍경 속에서 사라져, 더이상 쇼핑객이 김벨스에 줄지어 드나드는 동안 종소리로 정각을 알리지 않았다. 이제 그 자리에는 텅 빈 광장과 셔터를 내린 보스코브스 백화점이 있다. 먼 과거의 동화 속 나라가 남긴 흔적이라곤 금붕어 연못이 내려다보이는 작은 인도교뿐이었다.

쇼핑몰에서 행복을 느끼는 경우는 드물지 않다. 그건 철들었어야 할 어른들도 마찬가지다. 어린아이들은 실내 정원이나 광장에 있는 동전 놀이기구 옆을 지나갈 때마다 행복으로 전율한다. 자그마한 로켓선과 오토바이, 사파리 지프차, 군용 헬기는 어서 달려오라는 초대장이다. 요즘도 나는 케이마트 앞에 있는 빨간색과 흰색 회전목마를 보면 어린 시절의 향수로 마음이 저릿해진다. 빨간색으로 코팅된 유리섬유 덮개에 달린 스피커에서 흘러나오던 조악한 축제 음악과 어머니의 미소가 지금도 기억난다.

나는 두 에스컬레이터가 만나는 중앙 광장의 동전 놀이기구 앞에서 잠시 멈춰 섰다. 두 살 난 내 아들은 이 쇼핑몰에 있는 아이스크림 트럭 놀이기구를 특히 좋아하는데, 꼭 내 어린 시절을 보는 것 같다. 내가 주머니에서 꺼낸 동전으로 트럭을 가동해도 아들은 조금도 개의치 않는다. 그저 자신이 어엿한 아이스크림 장수가 됐다는 사실에 황홀해할 뿐이다. 그 순간 우리는 둘 다 성인이다. 아들은 내 주문을 받고 나는 아들에게 상상 속 돈을 지불한다. 몇 초 뒤, 아들은 내가 가장 좋아하는 맛을 담은 가상의 아이스크림콘을 건넨다. 가끔은 보이지 않는 잔돈을 주기도 한다. 마법 같은 거래다. 거래가 끝나면 우리는 집으로 돌아간다.

11. 유령 쇼핑몰

이 세상에 신성하지 않은 장소는 없다. 신성한 장
소와 훼손된 장소만 있을 뿐.

　_웬들 베리

　2003년 5월, 철거팀이 그린게이트 몰에 도착하
면서 쇼핑몰을 노후화된 상태로 방치시킨 원인인
10년간의 재정 파탄에 마침표가 찍혔다. 2년 전
문을 닫아 텅 빈 쇼핑몰―거의 40년간 펜실베이
니아 그린즈버그 근방에서 중심지 역할을 했다―
은 월마트 슈퍼센터에 밀려 철거되고 있었다. 쇼
핑몰의 오랜 고객과 이전 직원, 중앙 통로를 걸으
며 아침 운동을 하던 노인들, 네온 불빛 아래 그린
게이트 몰 복도에서 성장기를 보내며 수없이 드나

들었던 이들은 철거 소식에 크게 서운해했다. 또한 쇼핑몰이 사라진다는 소식은 이곳을 사랑했던 사람들에게 곧바로 향수를 불러일으켰다.

게리 넬슨은 "그저 쇼핑만 하던 곳은 아니었습니다"라고 말했다. "이 지역의 중심지였지요." 1980년대 말에 태어난 넬슨은 그의 부모님이 선호하던 그린게이트 몰을 오가며 성장했다. 넬슨 가족이 차를 구입하기 전에는 집과 가까운 도시인 지넷에서 버스를 타고 그린게이트 몰을 찾았다. 가장 생생한 추억이 무엇이냐는 질문에 그는 엘비스에서 저녁을 먹고, 틸트에서 비디오게임을 하고, G. C. 머피나 내셔널 레코드 마트에서 쇼핑하던 날들을 이야기했다. 내가 어렸을 때 우리 가족의 나들이가 그랬듯, 넬슨 가족의 방문은 감정이

가득 스민 경험이었다.

넬슨은 "지금도 입구로 걸어들어가면 향수 매장에서 나던 독특한 냄새가 떠오릅니다"라고 말했다. "향수 매장을 지나 쇼핑몰 위층으로 올라가면 10미터 높이의 분수에서 솟구치는 물소리를 실내 정원 어디에서나 들을 수 있었지요."

그린게이트 몰은 1965년 8월에 처음 문을 열었다. 제임스 라우스가 개발하고 빅터 그륀이 설계한 이 쇼핑몰은 장식용 분수와 채광창, 푸릇푸릇한 식물, 파스텔 빛깔의 새장, 통로 곳곳에 자리한 벤치처럼 20세기 중반 쇼핑센터가 꼭 갖추어야할 매력을 빠짐없이 갖추고 있었다. 이 쇼핑몰은 펜실베이니아 피츠버그에서 동쪽으로 한 시간 거리에 있는 산악지대인 로럴 하일랜즈로 가는 관문에 위치했기에 농지와 전후 개발된 교외 주택단지 사이에서 사실상 마을 광장 역할을 하며 시골 소매업의 오아시스로 자리매김했다. 그린게이트 몰처럼 널리 사랑받은 쇼핑몰이 문을 닫으면, 그 공동체는 그냥 밀려나는 정도가 아니라 해체된다.

넬슨은 그린게이트의 직원뿐만 아니라 그곳을

자주 찾던 손님들이 "모두가 서로서로 아는 작은 마을 같았다"라고 말했다. 2004년, 넬슨은 쇼핑몰 폐점으로 생긴 공백을 채우고자 '다시 찾은 그린게이트 몰'이라는 이름의 웹사이트를 열었다. 이 사이트는 사진과 영상, 사소한 흔적, 대화를 통해 쇼핑몰의 추억을 보존하는 온라인 타임캡슐 역할을 했다. 이 활동은 2011년에 대부분 페이스북으로 자리를 옮겼고, 여기서 넬슨은 이전 그린게이트 방문객이 한자리에 모일 수 있는 공개 그룹을 만들었다. 이 그룹은 쇼핑몰이 철거되고 거의 20년이 지나도록 기념비와 스크랩북, 토론장과 집단 상담 역할을 계속하고 있다. 이곳에 달리는 댓글들은 꼭 오래된 친구들이 나누는 대화 같다.

"그 쇼핑몰을 참 좋아했어요." 셰리 맥도널드

는 1990년대 초의 그린게이트 푸드코트를 찍은 사진에 댓글을 달았다. "금요일과 토요일엔 늘 친구들과 푸드코트에 갔죠. 좋은 추억이에요!" 사진에는 몽고메리 워드 백화점으로 들어가는 입구와 그 앞에 빨간 앞치마를 두르고 손에 빗자루와 쓰레받기를 들고 서 있는 날씬한 금발 여성이 보인다. 그 주변 어디에나 사람이 있다. 테이블에 앉아 있고, 네온사인이 켜진 상점이 늘어선 중앙 통로를 걷고 있다. "그린게이트는 절대 다른 쇼핑몰로 대체될 수 없어요." 댓글에서 김 조 골랙이 말했다. "테리 라니에리와 함께 자주 들렀는데, 크리스마스 장식은 그린게이트가 최고였어요." 이에 맞장구치는 페이스 홀 베이커의 댓글이 대화에 방점을 찍었다. "그 어떤 쇼핑몰보다 좋았죠!"

미국의 텅 빈 쇼핑몰을 기리는 온라인 추도 연설은 그리 새로운 현상이 아니다. 예를 들어 오십 개 주 곳곳에 흩어져 있는 비운의 아방궁을 논할 때면 종종 인용되는 권위 있는 웹사이트 deadmalls.com은 Y2K를 향한 맹렬한 공포가 이 나라의 집단 기억에 여전히 남아 있던 21세기 초반부터 운영되고 있다. 이 사이트의 아카이브에 저장된 문 닫은 쇼핑몰의 수가 지난 20년간 꾸준히 증가하는 동안, 많은 사람의 어린 시절이 담긴 이미 죽었거나 죽어가고 있는 쇼핑몰의 사진을 찍고 회상하는 행위는 온라인에서 추억을 공유하는 흔한 방식이 되었다. 이러한 활동은 어렸을 때 즐겨 찾던 쇼핑몰이 더이상 존재하지 않거나 텅 비었거나 폐점 직전인 사람들에게 일종의 카타르시스를 제공한다.

2014년 4월, 〈버즈피드〉가 미국 전역의 버려진 쇼핑몰 사진을 가득 담은 기사를 내보낸 뒤 댓글란이 많은 독자에게 꼭 필요했던 감정의 배출구가 되었음을 발견했다. 한 여성은 오하이오 애크런의 버려진 쇼핑몰 롤링 에이커스에 관한 댓글을 남기며 생생하게 기억나는 자신의 추억을 공유했다.

쇼핑몰

"여기가 내 어린 시절을 보낸 곳입니다." 여성은 말했다. "이곳의 분수에서 처음으로 동전을 던지며 소원을 빌었고, 이곳 오락실—알라딘의 성—에서 아빠와 핀볼 게임을 했어요. 여기서 귀를 뚫었고, 처음 영화를 봤어요. 푸드코트에서 팔던 옥수숫가루 튀김과 그리스식 샌드위치는 지금도 먹고 싶습니다. 이곳에서 산타 할아버지의 무릎에 앉았고 신비한 플라스마 램프를 처음 접했으며 '매직아이'로 보는 법을 배웠죠. 거대한 야자수를 보고 감탄하며 언젠가 플로리다 자연 속의 야자수를 보고 싶다는 꿈을 꿨습니다. 위에서부터 네번째 사진에 야자수의 죽은 이파리가 보이는데, 오르락내리락하는 모습이 꼭 순간 이동 같아서 늘 타고 싶어했던 유리 엘리베이터 바로 옆에서 찍은 사진입니다. 이곳은 1990년대에 폭력배의 주요 활동 무대가 되어 결국 폐점했습니다. 제가 슬픈 건 이 쇼핑몰이 문을 닫아서가 아닙니다. 애초에 이곳이 내 어린 시절의 풍경이라는 사실이, 그 덧없음에 눈물이 난다는 사실이 슬픕니다."[1]

마지막 문장에 담긴 정서, 오하이오 교외의 쇼

핑몰이 어린 시절을 보낼 이상적 공간이 아니었을지도 모른다는 인정은 아련하면서도 씁쓸하다. 타자를 치면서 그 모든 감정이 수면 위로 올라오다가 결국 깨달음의 순간에 이른 것 같다. 아버지와 함께한 달콤한 추억, 어린아이가 쇼핑몰에서 느낀 경외감과 감탄을 이야기하다가 어른으로서 애석함을 느낀다는 점이 흥미롭다. 이 댓글에는 어떤 상실의 감각, 쇼핑몰이 자기 삶의 역사에서 그리 만족스럽지 않은 장소였다는 판단이 배어난다. 이 여성은 거의 애도하고 있는 듯 보인다. 쇼핑몰이 사라졌다는 사실을, 그리고 자신이 원했던 어린 시절을 보내지 못했다는 사실을.

롤링 에이커스가 문을 닫은 2008년, 미국은 이미 대침체의 불안에 빠져들고 있었다. 은행이 무너졌고 미국 자동차 기업이 파산했으며 쇼핑몰도 더이상 건설되지 않았다. 대침체가 닥쳤을 때, 오하이오 애크런의 호황기는 이미 한참이 지난 후였지만 롤링 에이커스의 죽음은 하나의 경고성 메시지가 되었다. 한때는 활기찬 미국 러스트 벨트*의 일부였던, 끝없이 평지가 펼쳐진 오하이오 북동부의 풍경 속에 방치된 문 닫은 쇼핑몰은 대대적으로 사라져가는 부를 상징했다. 그때부터 롤링 에이커스는 쇼핑몰 자체뿐만 아니라 자기 삶에서 쇼핑몰이 차지하는 의미에 경의를 표하고 싶은 사람들의 순례지가 되었다. 어떤 이들은 어린아이나 십대 혹은 성인 시절에 한창때였던 롤링 에이커스를 자주 찾았던 방문객이고, 또 어떤 이들은 이 쇼핑몰이 버려졌다는 소식을 들은 뒤 이곳의 증인이 되어야 한다는 필요나 욕구를 느낀 외부인―도시 탐험가, 쇼핑몰 광팬, 호기심 많은 외지인―이다.

* 미국 북동부와 중서부의 쇠락한 중공업 지대. 미국 경제의 중심지였으나 제조업이 쇠퇴하면서 함께 불황을 맞았다.

사진작가 태그 크리스토프는 후자에 해당한다. 그는 호기심에 이끌려 지난 몇 년간 수차례나 롤링 에이커스를 찾았다. 이곳으로 돌아오는 이유가 무엇이냐는 질문에 그는 시에 가까운 대답을 내놓았다. "저는 지난날의 거침없는 낙관주의를 보여주는 절묘한 기표를 찾고 있습니다. 사람들이 깨닫든 깨닫지 못하든, 제가 찍는 피사체들은 오로지 경제적 조건으로만 발전을 정의하는 시스템이 낳은 결과물들입니다." 1980년대에 뉴멕시코에서 태어나 샌타페이에 있는 빌라 린다 몰과 앨버커키에 있는 코로나도 몰을 오가며 성장한 크리스토프는 지난 5년간 미국 전역을 돌며 풍경 속에서 사라져가는 건축물을 기록으로 남겼다. '미국은 죽었다'라는 제목을 붙인 그의 프로젝트에 쇼핑몰 사진만 있는 것은 아니지만, 쇼핑몰은 더이상 존재하지 않는 미국을 바라보는 크리스토프의 시각을 드러내는 데 매우 중요한 역할을 한다.

문 닫은 쇼핑몰을 자주 찾는 다른 사진작가들, 특히 인터넷에 넘쳐나는 폐허 포르노를 유통하는 —현실 속의 디스토피아적 풍경을 향한 대중의 커져가는 집착에 먹이를 제공하는—사진작가들과 달리, 크리스토프의 접근법은 훨씬 신중하다. 주로 코닥 포트라 필름을 넣은 브로니카 미디엄 포맷 카메라로 찍은 그의 사진들은 롤링 에이커스처럼 버려진 쇼핑몰의 복도와 매장, 입구를 선명한 색상과 환한 자연광을 통해 일시적으로 되살려낸다. 최근에 찍은 한 사진은 저녁놀이 내리면서 황금빛 햇살에 잠긴, 간판의 흔적이 흉터처럼 남은 백화점의 전면부를 보여준다. 전경에 우뚝 솟은 가로등이 조용한 감시병처럼 서 있고, 웃자란 소나무가 흰색으로 칠한 벽돌 위로 그림자를 드리운다. 오하이오 캔턴에 있는 캔턴 센터 몰의 푸드코트에서 찍은 크리스토프의 또다른 사진에선 과일 주스 체인점인 오렌지 줄리어스가 텅 비었는데도 너무나 생생해서 카운터 앞에 줄을 선 십대들이 눈앞에 보일 것만 같다.

크리스토퍼의 사진들은 경제가 실패하고 사람들이 소비를 멈춘 현실에 부딪친 미국인의 야망과 그 결과에 바치는 한 편의 시다. 그의 모든 사진은 과거만큼이나 현재와 미래를 이야기하며, 사진을 찍기 전뿐만 아니라 사진을 찍은 이후에 대해서도 이야기한다. 그건 아마도 크리스토프가 스티븐 쇼어나 로버트 애덤스 같은 사진작가와 비슷한 에토스를 공유하기 때문일 텐데, 이들은 미국의 풍경과 일상적 장면에 애정을 드러내며 우리 삶 속에서 신성해진 평범한 장소들에 경의를 표한다. 또한 크리스토프는 자신이 찍은 장소뿐만 아니라 그 장소를 사랑하는 사람들에 깊은 관심을 보이며 작

쇼핑몰

업에 임한다. 그는 이미 죽었거나 죽어가고 있는 쇼핑몰 앞에서 낯선 이들과 수없이 대화를 나누면서 보는 일뿐만 아니라 듣는 일도 자신의 역할임을 깨달았다. 롤링 에이커스도 예외는 아니었다.

크리스토퍼는 "사람들은 쇼핑몰을 방문한 유명인, 시즌 장식, 아름다운 회전목마, 어색했던 첫 번째 데이트, 처음 구매한 사치품, 첫번째 직장, 용돈을 모아 휘황찬란한 장난감 가게에서 무언가를 샀던 때를 떠올립니다"라고 말했다. "많은 이들이 1990년대 말에서 2000년대 중반 무렵에 쇼핑몰에 발길을 끊었다고 말하고요."

이런 쇼핑몰들이 죽었다고 말하는 건 부당하다. 이제는 전시된 물건이나 구매할 수 있는 상품이 없으니 원래의 기능이 사라진 것은 사실이다. 그러나 이 텅 빈 쇼핑몰들은 죽은 것이 아니라 새로운 국면에 접어든 것이다. 이 단계에서는 깨진 바닥 타일 틈으로 나무가 뿌리를 내리고 길고양이가 건물 안을 편안하게 지나다닌다. 호기심 많은 사람들이 오래전에 본래의 취지를 잃은 장소의 사후 세계 안에서 의미를 찾는다. 이런 곳들은 과거와

233

현재, 미래가 일시에 붕괴된 유령 쇼핑몰이다.

　롤링 에이커스 같은 유령 쇼핑몰들이 전국에 흩어져 있다. 오하이오 북동부만 해도 유클리드 스퀘어 몰, 랜들 파크 몰, 캔턴 센터 몰이 있다. 영원히 불이 꺼진 쇼핑몰의 이름을 나열하는 것은 주문을 외우는 것과 비슷하다. 버지니아 체스터필드의 클로버리프 몰, 오하이오 톨레도의 노스타운 스퀘어 몰, 오하이오 노스우드의 우드빌 몰, 미주리 세인트루이스의 크레스트우드 몰, 캘리포니아 호손의 호손 플라자 몰, 일리노이 하비의 딕시 스퀘어 몰, 켄터키 렉싱턴의 터프랜드 몰, 그리고 펜실베이니아 그린즈버그의 그린게이트 몰.

　영원한 쇼핑몰은 없다. 쇼핑몰의 수명은 우리 인간의 수명이 그렇듯 유한하다.

12. 중단된 유토피아

안전하다고 느껴지는 곳에서 (…) 사람들은 언
제나 무관심할 것이다.

　_수전 손태그,『타인의 고통』

　밸런타인데이를 일주일 앞둔 어느 추운 토요일
밤, 17세인 타로 손힐이 반자동 권총을 들고 메이
시스 백화점 일층으로 들어가 총을 쐈다. 일곱시
삼십분경의 이른 저녁이었고 백화점은 사람들로
붐볐다. 쇼핑몰도 마찬가지여서, 중앙 통로와 양
쪽 끝에 있는 광장에 쇼핑객 수백 명이 모여 있었
다. 근처 '로저스 아저씨네 동네' 놀이터에서도 어
린아이 수십 명이 놀고 있었다.
　손힐은 다섯 발을 쐈다. 손힐의 표적이 된 20세

데이번 존스는 그중 세 발을 맞아 좌측 배와 골반부, 좌측 엉덩이에 총상을 입으며 크게 다쳤다. 같은 시각 토머스 싱글턴과 그의 아내 메리, 열두 살 난 아들 딜런은 존스 옆을 지나가고 있었다. 손힐이 방아쇠를 당겼을 때 존스 바로 옆에 있었던 토머스는 왼쪽 다리 뒤에 총을 맞아 대퇴동맥이 절단되었다. 메리는 좌측 어깨에 총상을 입었다. 겨우 몇 걸음 뒤에 있던 딜런은 다치지 않았다.

총성이 울리자 백화점 남성복 매장에 있던 쇼핑객들은 눈앞의 위험을 피해 안전한 장소로 피신하려고 우르르 쇼핑몰로 밀려들었다. 손힐도 그 대열에 휩쓸려 쇼핑몰로 들어갔다. 감시카메라 영상에 그 장면이 그대로 찍혔다. 영상 속에서 손힐은 친구들 몇 명을 만나 반갑게 인사한다. 그리고 짧

쇼핑몰

게 대화를 나누다 미소 짓고 이내 웃음을 터뜨리기까지 한다. 그러나 잠시 후 친구들이 다시 걷기 시작하자 손힐은 팔을 뻗어 인파를 향해 총을 발사한다. 가장 먼저 존스의 몸이 튕겨나가고 몇 초 뒤 토머스와 메리 싱글턴이 바닥으로 쓰러진다. 발포할 때마다 영상 속에서 총구의 섬광이 섬뜩하게 번쩍인다. 총을 쏘면서 뒤쪽으로 달리던 손힐은 화면 밖에 있는 쇼핑몰로 사라진다.

"앤티앤스 프레첼 근처에 있는데 총소리가 들렸어요." 한 젊은 여성이 그날 밤 WTAE 뉴스에서 말했다. "처음에는 도망치는 사람들이 안 보였고 비명만 들렸어요." 손힐이 총을 쐈을 때 십대 딸과 쇼핑중이었던 또다른 목격자는 자신들이 안전한 곳에 몸을 숨겼다고 말했다. "총성을 듣고—탕, 탕, 탕—얼른 딸을 붙잡았어요… 매장 뒤로 도망쳤는데 그때 한차례 다시 총성이 울렸고, 우리는 화장실로 들어가서 문을 걸어 잠갔어요."

쇼핑몰은 출입이 통제되었다. 점원들은 안전문을 내리고 쇼핑객과 함께 창고로 숨었다. 쇼핑몰 보안 요원이 모든 출입구를 지키고 섰다. 방탄

조끼와 돌격 소총으로 무장한 먼로빌 경찰이 대거 도착해 매장을 하나하나 돌며 사람들을 대피시키고 일찍 쇼핑몰 문을 닫았다. 방송국 차량이 메이시스 백화점 주차장에 모여들었고 기자들은 총격 사건의 여파를 생중계로 보도할 채비를 했다. 그때 즈음에는 사건 소식이 이미 소셜 미디어에 쫙 퍼져 있었다.

"방금 두 명이 총 맞는 걸 봤음. 안에서 총을 쏘고 있음." 켄자스시티 치프스의 쿼터백인 터렐 프라이어가 트윗을 올렸다. "열 발 이상 쐈고 나한테도 점점 가까이 다가오고 있음." 근처 지넷에서 성장한 프라이어는 총이 발사된 그날 밤 우연히 이 쇼핑몰에 있었다.

손힐은 몇 시간 후 브래컨리지에 있는 자택에

서 체포되었다. 경찰은 그날 밤 총격에 앞서 손힐이 자기 인스타그램 계정에 올린 사진을 이용해 그를 찾아낼 수 있었는데, 사진 속에서 손힐이 입은 후드 티가 감시카메라 영상에서 확인한 후드 티와 일치했기 때문이다. 손힐은 열네 살이었던 2012년에 지프 체로키를 훔쳐 경찰과 고속 추격전을 벌이다 결국 차 사고를 내고 체포된 전적도 있었다.

먼로빌 몰은 그날 밤의 총격 사건 외에도 지난 몇 달간 수차례 뉴스에 등장했다. 6주 전, 이곳에서 폭동이 일어났다. 소셜 미디어에 처음 올라온 정보에 따르면 그 폭동은 미주리 퍼거슨의 마이클 브라운, 뉴욕 스태튼아일랜드의 에릭 가너, 오하이오 클리블랜드의 타미르 라이스가 경찰의 손에 목숨을 잃은 뒤 전국에서 발발한 항의 시위를 본뜬 '흑인의 생명도 소중하다' 시위였다. 그러나 그 정보는 사실이 아니었다.

알고 보니 십대 천여 명이 항의나 시위가 아닌 폭력 행사를 위해 일층 중앙 통로에 모여든 것이었다. 주먹싸움이 수십 차례 발생하면서 상황은 순식간에 악화되었고, 세 시간 동안 곳곳에서 실랑이가 벌어졌다. 그날 밤 핸드폰으로 찍은 여러 영상에는 난장판이 된 쇼핑몰의 모습이 담겨 있다. 한 영상에서는 십대 소녀 여러 명이 다른 십대 소녀 한 명을 둘러싸고 뺨을 때리고 주먹질을 하고 머리카락을 잡아 뜯고 있다. 또다른 영상은 이와 비슷한 상황이 여러 곳에서 동시다발적으로 발생하는 가운데 쇼핑몰 보안 요원이 사람들을 진정시키지 못하는 모습을 보여준다. 마침내 경찰이 상황을 통제했을 때는 이미 십대 여러 명이 크게 다쳐 근처 병원으로 실려간 후였다.

먼로빌 몰이 개장하고 거의 50년의 세월이 흐르는 동안 세상은 급격히 변했다. 이제 쇼핑몰은 우리의 집단 상상력 속에서 전과 같은 자리를 차지하지 않는다. 인구 대다수에게 전과 같은 역할을 수행하지도 않는다. 여러 면에서 쇼핑몰은 제2차세계대전 이후 미국인이 품은 원대한 포부를 기리는 빛바랜 기념물이 되었다. 빅터 그륀과 제임스 라우스, A. 앨프리드 타우브먼 같은 인물들이 1950년대 중반에 지은 초기의 쇼핑몰들은 미국 교외의 따분한 풍경 속 유토피아로 여겨졌다. 새로 등장한 이 수정궁들은 마을 광장을 재현함으로써 사회적 고립 문제를 해결할 것이었다. 사람들은 이곳에서 사야 할 물건뿐만 아니라 우정과 대화도 구할 수 있을 터였다. 쇼핑몰은 이론상 많은 것을 할 수 있었다. 그러나 그때부터 상황이 바뀌기 시작했다. 한때 쇼핑몰이 중심에 있었던 교외 생활의 꿈은 오늘날 수많은 사람에게 악몽이 되었다. 대침체와 모기지 압류, 기록적인 실업률의 여파로 저소득층과 중산층은 지금도 손실을 완전히 회복하지 못하고 있다. 또한 범죄와 마약, 가난, 병충해 등 1950년대와 1960년대 도시 대탈출의 원인이 된 문제들이 교외에서도 오랜 시간 이어지고 있다. 하지만 좋든 싫든 쇼핑몰은 여전히 미국의 낙관주의, 그리고 미국의 방종을 나타내는 상징이다.

지난 몇 년간 미국 전역의 쇼핑몰에서 테러 위협과 총기 난사, 칼부림 등의 폭력 사건이 갈수록 늘고 있다. 2015년 2월, 동아프리카의 이슬람 근본주의 테러 조직인 알샤비브가 온라인 영상을 통해 몰 오브 아메리카를 공격하라고 지시했다. 복면을 쓴 인물이 명령을 내리는 동안 2013년 케냐 나이로비의 웨스트게이트 몰에서 발생한 테러 사건—60명이 사망했다—의 그래픽 이미지가 흘러나왔다. 2012년에는 24세 제임스 홈스가 콜로라도 오로라에 있는 타운 센터 앳 오로라의 영화관으로 걸어들어가 〈다크 나이트 라이즈〉(2012)를 보던 관객들에게 총을 쏴 열두 명이 사망하고

58명이 다쳤다. 1999년에 있었던 콜럼바인고등학교 난사 사건 이후 콜로라도에서 가장 많은 사망자를 낸 사건이었다.

2016년 9월 17일, 미네소타 세인트클라우드에 있는 크로스로즈 센터에서 칼부림 사건이 발생했다. 범인은 22세인 다히르 A. 아단이었다. 그는 쇼핑몰 앞에서 스테이크용 칼 두 자루로 사람들을 찌르기 시작했고, 쇼핑몰 안에서 비번이었던 경찰관과 대치하다가 총을 여러 발 맞았다. 칼부림으로 열 명이 다쳤으나 범행 동기는 밝혀지지 않았다. 이 사건 이후 일주일도 지나지 않아 워싱턴 벌링턴에 있는 캐스케이드 몰에서 총기 난사 사건이 발생해 다섯 명이 사망했다. 사망자는 여성 네 명, 남성 한 명이었다. 총격범은 어렸을 때 가족과 함께 튀르키예에서 미국으로 이주한 20세 아르칸 세틴으로 밝혀졌다. 그는 그날 밤 쇼핑몰을 빠져나왔으나 다음날 체포되었다.

그리 어울리지는 않지만 쇼핑몰은 평화 시위부터 시민 불복종에 이르는 다양한 정치 행동의 장이 되기도 했다. 2014년 12월, 이천여 명이 '흑인의 생명도 소중하다' 시위를 벌이며 미네소타 블루밍턴에 있는 몰 오브 아메리카의 원형 홀에 모여 이렇게 외쳤다. "당신들이 흥청망청 쇼핑하는 동안 흑인들은 숨쉬기조차 힘들다." 이 시위는 당시 미국 전역에서 젊은 흑인 남성들이 경찰에게 연이어 목숨을 잃은 사태에 대한 항의 표현이었다. 1년 뒤, 아무 무기도 없던 24세의 흑인 남성 저마 클라크가 미니애폴리스 경찰이 쏜 총에 맞아 목숨을 잃자 또 한번 몰 오브 아메리카에서 항의 시위가 벌어졌다. 시위대는 수 주에 걸쳐 총격에 관여한 경찰의 이름과 사건 영상을 공개할 것을 요구했다.

이러한 시위들은 갈수록 심화되는 경찰과 흑인 공동체 간의 갈등을 뚜렷하게 드러냈고, 경찰의 무력 사용이 부적절하다는 전국적 비판을 불러일으켰다. 몰 오브 아메리카의 시위 소식이 온 나라에 보도되자 래퍼이자 활동가인 탈립 콸리는 경찰 수십 명이 쇼핑몰 에스컬레이터에 집결한 사진을 인스타그램에 올렸다.

콸리는 "무장하지 않은 #blacklivesmatter 시위대가 평화 시위를 벌이러 몰 오브 아메리카에 모였다. 사진 속 경찰은 군사 장비를 갖추고 나타난 경찰 가운데 극히 일부에 불과하다"라고 적었다. "빌어먹을 경찰이 에스컬레이터를 완전히 봉쇄했다."

수년간 쇼핑몰은 미국인의 자아상을 보여주는 여러 거울 중 하나였다. 때때로 이 거울은 성공한 모습, 심지어 행복한 모습을 비추며 사람들을 으쓱하게 한다. 그러나 때로는 탐욕과 방종한 생활방식, 지위의 상징인 물질적 부를 향한 전 국민적 집착을 비추며 더 어두운 측면을 드러내기도 한다. 교외가 낡아가면서 유토피아적 전원생활의 현실도 달라졌다. 막다른 골목과 주택단지 그리고 쇼핑몰은 이제 힘든 세상에서 벗어날 수 있는 안전한 피난처로 간주되지 않는다. 결국 현실이 우리를 따라잡았다. 현재 인종과 계급, 경제 문제는 쇼핑몰과 주변 교외 풍경에서 그 어느 때보다 더 현저하다. 쇼핑몰이 거듭해서 사회적 긴장의 발화점 역할을 하는 지금만큼 이 문제가 뚜렷하게 드러난 적은 없었다.

2016년 12월 26일, 미국 전역의 쇼핑몰에서 연이어 난동 신고가 들어왔다. 텍사스 포트워스의 경찰 태머라 밸리는 휴런 몰 푸드코트에서 싸움이 벌어졌다는 신고를 받고 출동했다. 200명이 넘는 십대들이 괴성과 함께 뛰어다니며 싸움을 벌이고 있었다. 많은 매장이 내부에 고객이 남은 채로 문을 닫았다. 이곳에서 수백 킬로미터 떨어진 동부 해안의 코네티컷과 뉴저지, 노스캐롤라이나의 쇼핑몰에서도 이와 비슷한 장면이 펼쳐지고 있었다.

클리블랜드 비치우드 플레이스에서도 거의 십 대로 이루어진 오백여 명의 사람들이 싸움을 벌여 경찰이 출동했다. 다른 쇼핑몰과 마찬가지로 이곳에서도 쇼핑객이 산책로로 우르르 밀려나와 매장 안에 몸을 피했다. 페이스북과 인스타그램에 올라온 영상에 이 아수라장이 그대로 기록되었다. 결국 경찰들은 후추 스프레이를 분사해 대규모 군중을 해산시켰다. 먼로빌 몰도 그날 밤 여러 개 층에서 싸움이 발생했다는 보도가 나왔다. 목격자들은 실랑이가 벌어진 곳 바닥에 핏자국이 남아 있었다고 말했다. 경찰은 이 사건으로 청소년 네 명을 체포했다.

그날 밤, 일리노이와 애리조나, 인디애나, 콜로라도를 비롯한 최소 열두 개 주의 쇼핑몰에서 싸움이 벌어졌다는 신고가 들어왔다. 전국의 경찰서는 이 충돌이 소셜 미디어를 통해 조직되었을지 모른다고 추측했지만 그 증거는 찾지 못했다고 밝혔다. 2016년 대선 이후, 그간 전국에 악영향을 미친 분열적 레토릭이 소요 사태의 원인이라고 손쉽게 비난할 수 있게 되었다. 그러나 이러한 충돌은 더 오래전부터 발생했다. 어쩌면 먼로빌 몰에서 가장 최근 벌어진 싸움을 목격한 어느 매장 주인의 말이 이 상황을 가잘 잘 표현할는지도 모른다. "쇼핑몰은 난장판이에요."

13. 새로운 미래

정해진 삶을 사는 것보다 무상한 삶을 사는 것이 낫다.

_가스통 바슐라르,『공간의 시학』

짙은 색의 긴 머리칼을 가진 젊고 매력적인 여성이 어느 쇼핑몰의 중앙 광장에 서 있다. 혼자다. 지나다니는 사람은 아무도 없다. 쇼핑객도, 보안 요원도, 쇼핑몰 안을 빙빙 도는 노인들도 없다. 여성의 왼쪽에 있는 휴식 공간에 의자가 두 개 놓여 있다. 하나는 회색이고, 다른 하나는 기하학무늬 천이 덮여 있다. 근처에서 에스컬레이터가 승객 없이 운행중이다. 금속 계단이 사라졌다 나타났다 다시 사라진다. 여성의 뒤로 보이는 중앙 통로는 텅 비었다. 대리석 바닥과 맞닿은 갈색, 회색, 흰색 바닥 타일이 저멀리 사라진다. 청백색 유리를 배경으로 여성의 실루엣이 드러나서 마치 렌더링되다 만 홀로그램 같은 분위기를 풍긴다. 물품도 진열대도 보이지 않는다. 매장이 폐업한 것인지 그저 물건을 안 파는 것인지 알 수 없다.

무릎까지 오는 꽃무늬 드레스를 입고 발목에 끈이 달린 흰색 하이힐을 신은 이 여성은 주변에 아무도 없이 혼자인데도 행복해 보인다. 여성은 쇼핑백을 네 개 들고 있다. 두 개는 오른쪽 어깨에 걸쳤고, 두 개는 옆으로 들었다. 가방에 브랜드명은 쓰여 있지 않지만 색깔이 각기 다르다. 쇼핑을 시작한 지 몇 시간 된 것 같다. 어깨를 옆으로 살짝 돌리고 앞을 빤히 바라보는 이 여성은 런웨이 끝에

쇼핑몰

서 멈춘 패션모델처럼 포즈를 취하고 있다. 그런데 어딘가 이상하다. 여성은 찍히지 않을 사진을 영영 기다리는 것처럼 보이고, 표정으로는 이렇게 묻는 것 같다. 내가 보이나요?

가까이 다가갈수록 이상한 점이 더 뚜렷하게 드러난다. 여성의 얼굴이 선명하지 않다. 저해상도 JPG 파일을 확대했을 때처럼 픽셀이 보일 것만 같다. 게다가 여성의 머리카락과 쇼핑몰 배경 사이에 짜깁기한 흔적이 있고, 쇼핑백과 유리창이 만나는 부분도 자연스럽지 않다. 여성은 멀리서 보면 카탈로그에서 걸어나온 모델처럼 보이지만 가까이에서 보면 어린이 놀이책에서 잘라낸 듯한 종이 인형에 더 가깝다. 이 여성은 실재하는 인물이 아니다. 먼로빌 몰의 텅 빈 매장 입구를 가린 가벽에 부착된 바닥부터 천장까지 이어진 이미지 속 유령이다. 먼로빌 몰에서는 중앙 통로 곳곳에 있는 건축 렌더링을 통해 미래를 내다볼 수 있다.

건축가들이 '인물 텍스처'나 '사람 이미지'라고 지칭하는 이 건축 렌더링 속 가상의 쇼핑객은 스케일, 즉 규모의 정도를 보여주기 위해 사용된

다. 그래서 일부 건축가는 이 이미지를 '스케일리'
라고 부르기도 한다. 그러나 수년 전부터 가상 공
간에 사람 이미지가 점점 더 많이 사용되면서 이
이미지의 역할도 커졌다. 작가이자 미래학자인 제
프 마노는 건축가들이 종종 인물 텍스처를 이용해
서 사람들의 인식을 미묘하게 조종한다고 말한다.
"아무 렌더링에 사람만 몇 명 집어넣으면 됩니다.
아이팟으로 음악 듣는 사람, 신문 읽는 사람, 손잡
고 있는 커플이나 어쿠스틱 기타를 연주하는 사람
을 넣을 수도 있겠죠. 그러면 순식간에 건물 전체
가 비판에서 벗어나게 됩니다. 이미 우리 도시의
일부니까요."[1]

　이렇게 생각하는 사람이 마노만은 아니다. 영
국 작가이자 예술가, 기술자인 제임스 브라이들

역시 가상 인물 사용이 증가하는 현상과 그 의미에 주목했다. 그러나 브라이들은 이 이미지를 다르게 지칭한다. "렌더 고스트는 우리의 상상 속에 거주하는 사람들, 현재와 미래, 현실과 가상, 실체와 디지털 사이의 경계 공간에 거주하는 사람들이다."

아직 완성되지 않은 건축과 도시주의urbanism, 도시의 세계는 앞으로도 절대 완성될 수 없다. 이들은 오로지 3D 컴퓨터 렌더링 소프트웨어의 가상공간에만 존재하며, 이 이미지를 붙인 광고판은 실재하는 미래가 도착할 때쯤이면 썩어서 허물어진다. 현실은 절대 렌더링한 이미지나 우리의 기대만큼 화려하고 완벽하지 않다.[2]

먼로빌 몰에서 미래는 불분명하다. 가상 현실 속 꽃무늬 드레스를 입은 젊은 여성의 픽셀화된 얼굴처럼 말이다. 그리고 이 여성은 혼자가 아니다. 렌더 고스트는 쇼핑몰 도처에 있는 빈 매장에 출몰하며, 이들의 존재는 예비 매장주에게 임대 정보를 문의하라고 부추기는 전화번호와 함께 당당히 더욱 번창할 미래를 약속한다. 그러나 정말로 그러한 미래가 도래할지는 두고 볼 일이다. 불쾌한 골짜기*를 논외로 하면, 렌더 고스트는 그러한 야망을 현실처럼 보이게 하고 쇠퇴와 노후화에 대한 두려움을 가라앉힌다.

사회경제적 현실이 쇼핑몰의 꿈을 가로막으려하고 있지만 대기중인 해결사들이 있다. 바로 도시 재생rehabilitation에 정통한 전문가들이다. KA 아키텍처 같은 기업들이 쇼핑몰의 다음 단계를 제시하고 있다. 한 회사의 안내책자는 "폐쇄형 쇼핑몰은 다목적 야외 공간과의 경쟁으로 인해 소비자의 관심을 유지하지 못하고 있습니다"라고 말한다. "우리는 개발업자와 긴밀히 협력해 폐쇄형 쇼핑몰을 같은 시장 안에 있는 라이프스타일 센터와 경쟁할 수 있는 활기찬 하이브리드 공간으로 탈바꿈합니다."[3]

이제 쇼핑몰은 공간이 제공하는 경험을 누리고 싶은 수십만 명의 사람들을 끌어모으는 전성기의 문화 현상이 아니다. 그 시기는 거의 30년 전에 나타났다가 지나갔다. 오늘날 쇼핑몰은 완전한 쇠락을 앞뒀거나 새롭게 태어날 준비를 마친 문화적 유물에 가깝다. 무엇이 먼저일지는 알 수 없지만.

제시 트론은 "쇼핑몰은 여전히 수많은 공동체의 주춧돌 역할을 하고 있습니다"라고 말했다. "그러나 우리는 쇼핑몰의 정의를 과감하게 바꿔야 할 시점에 다다랐습니다." 국제쇼핑센터협의회의 대변인인 트론은 대중의 쇼핑몰 인식이 어떻게 바뀌었는지 설명했다. 내가 그에게 전화를 건 이유는 권위 있는 쇼핑몰의 대변자 또는 그것과 최대한 가까운 무언가를 찾고 싶었기 때문이다.

---

* uncanny valley. 로봇이나 가상의 인물, AI가 인간을 애매하게 닮을수록 불쾌함을 유발한다는 이론.

이 통화는 자동차 판매원에게 자동차가 여전히 중요한지 묻는 것과 다름없었다. 그렇다는 대답이 나올 줄은 당연히 알았지만, 그가 어떤 단어를 선택할지 알고 싶었다. 쇼핑몰의 중요성을 매일같이 분석하는 사람의 관점에서 이야기를 듣고 싶었다.

"쇼핑몰의 기원은 그리스의 아고라까지 거슬러올라갑니다." 트론이 말했다. "사람들은 언제나 상업 중심지 근처로 모여들죠." 그는 쇼핑몰이 수십 년간 소비자층의 이러한 욕구를 착실히 채워왔다고 말했다. 쇼핑몰은 물품 구매의 중심 허브이자 사회적 교류를 경험할 수 있는 곳이었다. 즉, 인터넷이 등장하고 온라인 쇼핑이 인기를 끌면서 산업 전체가 분산되어, 활기찼던 쇼핑몰이 유령 쇼핑몰이 되거나 파산 직전으로 내몰리기 전까지는 그랬다. 그러나 내리막길과 폐업이 10년 넘게 이어진 지금도 미국 전역에 1,222개 쇼핑몰이 남아 있으며 트론은 이 숫자가 유지될 것이라고 낙관한다.

"낡은 것이 다시 새로운 것이 되었습니다." 트론이 말했다. "우리는 지금 공동체와 경험, 오락 중심의 쇼핑센터로 되돌아가는 시기에 있습니다." 트론의 말은 앉아서 쉬고, 핸드폰을 충전하고, 영화를 보고, 식사를 할 수 있는 쇼핑몰을 의미한다. 빅터 그륀이 설계한 쇼핑몰의 특징이었던 교류의 장으로 되돌아가는 것이다. 그러나 의문이 생긴다. 지금도 사람들이 쇼핑몰에서 그런 활동을 하려고 할까?

에스컬레이터 두 개가 만나는 먼로빌 몰의 아래층에는 해리 소퍼의 청동 반신상이 있다. 대리석 받침대에는 다음과 같은 글이 새겨져 있다. "지금 여러분의 눈에 보이는 모든 것은 바로 이분의 비전과 통찰의 결실입니다." 소퍼는 먼로빌 몰의 개발업자 중 한 명이다. 원래 노천 광산이었던 커다란 구멍을 반짝반짝 빛나는 밀폐된 대도시로 탈바

257

꿈한 사람. 만약 소퍼가 공상과학 소설이나 판타지 소설 작가였다면 새로운 세계의 창조자이자 거의 반세기나 이어지고 있는 공간을 구축한 능력자라며 박수갈채를 받았을 것이다.

쇼핑몰은 그 자체로 하나의 패러코즘paracosm이다. 패러코즘이란 가상 세계를 지칭하는 심리학 용어다. 이러한 세계들은 고유의 지리와 역사, 언어가 있고 수개월, 수년, 심지어 수십 년에 걸쳐 계속해서 발전한다. 창의적인 아이들은 자기표현을 위해, 또 현실에서 도피하기 위해 종종 패러코즘을 만들어낸다. 작가들도 마찬가지다. 무수히 많은 종족과 역사, 풍경을 지닌 J. R. R. 톨킨의 소설 속 '가운데땅'이 그 사례다. 작가이자 예술가인 헨리 다거가 어린 시절부터 쓰기 시작한『비현실의 영역에서』도 그렇다. 쇼핑몰이라는 유토피아 안에서 빅터 그륀은 그 세계를 만들어낸 전능한 창조자다.

서서히 달라진 쇼핑몰은 더이상 내 추억 속 장소와 비슷하지 않다. 답보다는 질문이 더 많이 생겨난다. 나는 빅터 그륀의 상상 속 세계에 사는 렌더 고스트일 뿐일까? 우리는 모두 그의 실패한 꿈속에서 빛바랜 복도를 배회하는 유령에 불과할까? 미네소타 이다이나의 사우스데일 센터 같은 건축 판타지의 일대기를 따라가다보면 명확한 허구가 작동하고 있음을 알게 된다. 그륀이 상상한 쇼핑몰의 모습이 있고, 실제 쇼핑몰의 모습이 있다. 둘을 구분하는 것은 중요하다. 그륀이 말년에 쇼핑몰에서 손을 뗀 것은 자신이 만든 세계를 더이상 통제할 수 없어서였다. 그는 자신의 콘셉트를 마음대로 해석하고 왜곡한 다른 건축가와 개발업자의 행태뿐만 아니라 자신이 전하고 싶었던 내러티브도 통제하지 못했다. 쇼핑몰은 "오늘 만날 수 있는 내일의 중심가"가 아니라 인간의 행동을 지배하는 소비주의의 전령이 되어 그륀이 탈바꿈하고자 했던 교외의 풍경을 망치고 있었다.

먼로빌 몰 맨 끝에 있는 텅 빈 광장에 서 있는 지금, 주변 풍경이 아득하게 느껴진다. 이곳은 어린 내가 매시간 국가 시계의 로봇 인형이 살아 움직이며 음악과 함께 시간의 흐름을 축하하는 광경을 넋놓고 바라보던 바로 그곳이다. 한때 김벨스 백화점과 쇼핑몰을 연결하던 공간이자, 문턱을 넘을 때마다 다른 세계로 넘어가는 것 같은 기분에 환희가 솟구치던 그곳이다. 주말이면 아버지와 시계탑 밑에 앉아 어머니가 김벨스의 고객 서비스 창구에서 근무를 마치고 다시 우리에게 돌아오기를 기다리던 그곳이다. 크리스마스와 부활절이면 꼬마 기차를 타고 정원을 빙빙 돌면서 부모님께 손을 흔들었던 그곳이다.

그러나 이제는 그 무엇도 현실처럼 느껴지지 않는다. 이제 쇼핑몰에 있으면 시간이 흐르면서 퇴색된 꿈이 떠오른다. 그 꿈속에서 쇼핑몰은 지도 위의 공간이자 추억의 원천이다. 그곳에서는 포부와 현실이 충돌한다. 갈등이 폭력으로 이어진다. 물질적 욕망 앞에서 자제력이 시험대에 오른다. 과거와 현재, 미래가 동시에 붕괴된다. 인상적인 디테일을 제외한 모든 것이 흔적도 없이 사라진다. 내 손을 잡고 걷던 어머니의 미소. 아버지의 파란색 카프리스에서 나던 소나무 방향제 냄새. 푸드코트의 무지갯빛 네온사인과 그 환하게 타오르던 불빛. 오락실의 아득한 어둠과 투입구 안으로 땡그랑 떨어지던 동전. 누나의 롤러스케이트 바퀴가 매끈한 콘크리트 위를 굴러가던 소리. 수천 명이 쏟아져들어와 중앙 통로에 활기가 돌던 금요일 밤. 폐점 시간의 불 꺼진 복도와 매장 앞에 내려온 안전문. 추억에서 꺼내온 부속들로 재구성한 이 쇼핑몰의 이미지가 홀로그램처럼 깜박이며 미래가 도착하기도 전에 사라지려 한다.

감사의 말

편집자 이언 보고스트와 크리스토퍼 샤버그에게 깊이 감사드립니다. 두 분의 통찰력 있는 피드백 덕분에 이 책을 구성하고 다듬을 수 있었습니다. 제가 트랙에서 벗어나지 않도록 늘 사려 깊게 이끌어준 블룸즈버리의 해리스 나크비에게도 감사를 전합니다. 요나 하비, 당신의 지지는 제게 늘 선물과도 같습니다. 예리한 안목으로 세심한 의견을 들려주고 처음 제안서를 내보라고 격려해준 수전 클레먼츠에게 감사드립니다. 좋은 친구이자 청자, 지지자가 되어준 케이티 라일리와 현명하게 조언해준 노렌 윌워스에게 감사를 전합니다.

평생 제 생각을 지지해주신, 아무 보장도 없지만 귀중한 보상이 있는 분야로 나아가겠다는 제

결정을 늘 격려해주신 부모님, 비키 뉴턴과 톰 뉴턴께 감사드립니다. 저조차 스스로를 믿지 못할 때 언제나 저를 믿어준 누나, 제니퍼 뉴턴 셔틀워스에게 감사드립니다.

그리고 무엇보다, 따뜻하고 관대한 마음으로 항상 저를 놀라게 하는 아내 미셸과 기쁨과 세상을 향한 호기심으로 제가 미래에 희망을 품게 하는 두 아들 이선과 니코에게 사랑과 감사를 전합니다.

주

들어가며

[1]   "A Break-Through for Two-Level Shopping Centers," *Architectural Forum* 105 (December 1956): 114-26.

[2]   Ben Welter, "Nov. 28, 1956: Frank Lloyd Wright at Southdale," *Star Tribune*, November 28, 2015, accessed February 29, 2016, http://www.startribune.com/nov-28-1956-frank-lloyd-wright-at-southdale/126070188/.

[3]   Jeff Baenen, "Indoor Shopping Mall is 30 Years Old," *Times-News*, October 8, 1986, 10.

[4]   "The Splashiest Shopping Center in the U.S.," *Life*, December 10, 1956, 61-66.

[5]   Victor Gruen and Larry Smith, *Shopping Towns USA: The Planning of Shopping Centers* (New York: Van Nostrand Reinhold, 1960), 22-24.

[6]   Malcolm Gladwell, "The Terrazzo Jungle," *New Yorker*, March 15, 2004, http://www.newyorker.com/magazine/2004/03/15/the-terrazzo-jungle.

[7] Victor Gruen, *The Heart of Our Cities: The Urban Crisis: Diagnosis and Cure* (New York: Simon and Schuster, 1964), 194-95.

2. 미지의 낙원

[1] Stefan Lorant, *Pittsburgh: The Story of an American City* (New York: Doubleday & Company, 1964).

[2] Rami El Samahy, "Robert Pease: The Man Who Helped Remake Postwar Pittsburgh," *Storyboard*, March 30, 2016, accessed April 6, 2016, http://blog. cmoa.org/2016/03/bob-pease-the-man-who-helped-remake-postwar-pittsburgh/.

[3] Eileen Foley, "For Monroeville the Bloom Is Not Off the 30-Year Boom," *Pittsburgh Post-Gazette*, March 20, 1980, East edition, 1, 3.

[4] Burt Bacharach (1970), "Everybody's Out of Town," [Recorded by B.J. Thomas]. On *Everybody's Out of Town* [LP].

[5] Eleanor Chute, "Mall at 25 Holding Its Own," *Pittsburgh Post-Gazette*, August 11, 1994, E-11.

[6]   Louis A. Chandler, *A History of Patton Township*,
        Monroeville Historical Society, September, 2012,
        http://monroevillehistorical.org/component/jif-
        ile/download/N2E0OTUxMDI0YjhjYTA3NTVjY2
        ZhNTNiNTZmM2NmNTU=/history-of-pat-
        ton-township-pdf.

[7]   "The South Hills Village Opens in Great Style,"
        Pittsburgh Post-Gazette, July 29, 1965.

[8]   Torsten Ove, "The Next Page: Michael James
        Genovese—The Life & Times of the Last Great
        Pittsburgh Mobster," *Pittsburgh Post-Gazette*, April
        19, 2009, accessed May 16, 2016, http://www.
        post-gazette.com/Op-Ed/2009/04/19/The-
        Next-Page-Michael-James-Genovese-The-life-
        times-of-the-last-great-Pittsburgh-mobster/sto-
        ries/200904190162.

[9]   Jeff Baenen, "First Shopping Center Celebrates Its
        30th Year," *Dispatch*, October 9, 1986, 22.

[10]   "Mall was Built for Lazy Shoppers," *Pittsburgh
        Post-Gazette*, May 14, 1969, 32, accessed 6, 2016,
        https://news.google.com/newspapers?id=HN-
        paAAAAIBAJ&sjid=1GwDAAAAIBAJ&pg=2348%2
        C2443445.

[11]   Advertisement cited in text: *Pittsburgh Press*, May
        12, 1969, 53, https://news.google.com/newspa-
        pers?id=ge4iAAAAIBAJ&sjid=G1AEAAAAIBA-
        J&pg=5870%2C5849116.

[12]   John Little, "Monroeville Mall Ministry—
        Proposed Mission in the Field," *Pittsburgh Press*,
        February 7, 1970, accessed April 6, 2016, https://

news.google.com/newspapers?nid=1144&-
dat=19700207&id=Vc8bAAAAIBAJ&sjid=z1AEA
AAAIBAJ&pg=7245,2445612&hl=en.

[13] "Big Time Shopping," television commercial for
Monroeville Mall, https://www.youtube.com/
watch?v=_bofJwKnGNA.

[14] Advertisement cited in text: *Pittsburgh Post-Gazette*,
May 14, 1969, 29, accessed 6, 2016, https://news.
google.com/newspapers?nid=gL9scSG3K_gC&-
dat=19690514&printsec=frontpage&hl=en.

4. 쇼핑은 감정이다

[1] Nick Freand Jones, interview with George A. Romero,
Forbidden, BBC Two, February 2, 1997, https://www.
youtube.com/watch?v=c2c0ADotCR0.

[2] M. Jeffrey Hardwick, *Mall Maker: Victor Gruen,
Architect of an American Dream* (Philadelphia:
University of Pennsylvania Press, 2004), 2.

[3] Norman M. Klein, *The Vatican to Vegas: A History of
Special Effects* (New York: New Press, 2004), 338.

[4] Giandomenico Amendola, "Urban Mindscapes Reflected in Shop Windows," in *Urban Mindscapes of Europe*, eds. Godela Weiss-Sussex and Franco Bianchini Rodopi (Amsterdam: Editions Rodopi BV, 2006), 91.

[5] *True Stories*. Directed by David Byrne (Los Angeles: Warner Bros., 1986), https://www.youtube.com/watch?v=4cYYPpZ8rFI.

7. 광란의 쇼핑몰

[1] Kathryn H. Anthony, "The Shopping Mall: A Teenage Hangout," *Adolescence* 78 (Summer 1985): 307-11.

[2] Steven R. Churm, "Tiffany will hang out all summer in shopping malls and try to meet new friends," *Los Angeles Times*, July 2, 1987, accessed October 26, 2016, http://articles.latimes.com/1987-07-02/news/hl-1724_1_shopping-malls.

[3] William Severini Kowinski, *The Malling of America: An Inside Look at the Great Consumer Paradise* (New York: William Morrow and Company, Inc., 1985), 48.

10. 귀향

[1] Rachel Carson, *The Sense of Wonder* (New York: Harper & Row, 1987), 42.

11. 유령 쇼핑몰

[1]   Matt Stopera, "Completely Surreal Photos of America's Abandoned Malls," *BuzzFeed*, April 2, 2014, accessed June 7, 2014, https://www.buzzfeed.com/mjs538/completely-surreal-pictures-of-americas-abandoned-malls.

13. 새로운 미래

[1]   Rob Walker, "Go Figure," *New York Times Magazine*, February 4, 2011, accessed October 7, 2016, http://www.nytimes.com/2011/02/06/magazine/06fob-consumed-t.html.

[2]   James Bridle, "The Render Ghosts," *Electronic Voice Phenomena*, November 14, 2013, accessed May 3, 2016, http://www.electronicvoicephenomena.net/index.php/the-render-ghosts-james-bridle/.

[3]   KA Architecture brochure, http://www.kainc.com/downloads/ka_aquisition_040709.pdf.

옮긴이 김하현

출판사에서 편집자로 일한 뒤 현재 전문 번역가로 활동하고 있다. 옮긴 책으로 『도둑맞은 집중력』『소크라테스 익스프레스』『디어 올리버』『여자에 관하여』『아무것도 하지 않는 법』『비바레리뇽 고원』『한 번 더 피아노 앞으로』『지구를 구할 여자들』『타인이라는 가능성』『한낮의 어둠』『식사에 대한 생각』『미루기의 천재들』『분노와 애정』등이 있다.

지식산문 O 09

쇼핑몰

초판 인쇄 2026년 2월 26일
초판 발행 2026년 3월 18일

지은이 매슈 뉴턴
옮긴이 김하현

펴낸곳 복복서가(주)
펴낸이 장은수
출판등록 2019년 11월 12일 제2019-000101호
주소 03720 서울특별시 서대문구 연희로 28길 3
홈페이지 www.bokbokseoga.co.kr
전자우편 edit@bokbokseoga.com
마케팅 문의 031) 955-2689

ISBN 979-11-94996-11-8 04800
      979-11-91114-74-4 (세트)